I0733755

* 9 7 8 1 9 9 0 7 6 0 3 1 0 *

روزهای پس از او

نویسنده

عطیه بابانژاد

سریال کتاب: P2245420102

عنوان: روزهای پس از او

پدیدآورنده: عطیه بابانژاد

شابک کانادا: ISBN: 978-1-990760-31-0

موضوع: فیلمنامه

متا دیتا: Screenplay

مشخصات کتاب: رقعی، Paperback

تعداد صفحات: 156

تاریخ نشر در کانادا: جولای ۲۰۲۲

K.P.H International Group

Publishing House

ونکوور، کانادا

تلفن :	+1 (833) 633 8654
واتس آپ:	+1 (236) 333 7248
ایمیل :	info@kidsocado.com
وبسایت انتشارات:	https://kidsocadopublishinghouse.com
وبسایت فروشگاه:	https://kphclub.com

سلام هم زبان

دستیابی ایرانیان مقیم خارج از کشور به کتاب‌های بسیار متنوع و جدیدی که به تازگی در ایران نگاشته و چاپ می‌شوند، محدود است. ما قصد داریم این خدمت را به فارسی زبانان دنیا هدیه دهیم تا آنها بتوانند مانند شما با یک کلیک کتاب‌هایی در زمینه های مختلف را خریداری کنند و درب منزل تحویل بگیرند.

گروه KPH و یا خانه انتشارات کیدزوکادو تحت حمایت گروه کیدزوکادو این افتخار را دارد تا برای اولین بار کتاب‌های با ارزش تألیفی فارسی را در اختیار ایرانیان مقیم خارج از ایران قرار دهد.

از اینکه توانستیم کتابهای جدید و با ارزشی که به قلم عالی نویسندگان و نخبگان خوب ایرانی نگاشته شده است را در اختیار شما قرار دهیم و در هر چه بیشتر معرفی کردن ایران و ایرانیان و فارسی زبانان قدم برداریم، بسیار احساس رضایتمندی داریم.

این کتاب‌ها تحت اجازه مستقیم نویسنده و یا انتشارات کتاب صورت گرفته و سود حاصله بعد از کسر هزینه‌ها، به نویسنده پرداخته می شود.

خانه انتشارات کیدزوکادو در قبال مطالب داخل کتاب هیچگونه مسئولیتی ندارد و صرفاً به عنوان یک انتشار دهنده می‌باشد. شما خواننده عزیز، می‌توانید ما را با گذاشتن نظرات در وب سایتی که کتاب را تهیه کرده‌اید به این کار فرهنگی دلگرمتر کنید. از کامنتی که در برگیرنده نظرتان نسبت به کتاب است عکس بگیرید و برای ما به این ایمیل بفرستید و از انتشارات یک کتاب دیگر بعنوان هدیه برای شما ارسال می‌شود.

ایمیل :   info@kidsocado.com

شخصیت ها :

آرشام

آنوشا

سایمان

سانیار

سوزان

راسپینا

پریسا

اهورا

تهمینه

سرگرد

سرباز

قاضی

مادر سایمان

زن

۱. داخلی. روز. حراست دانشگاه:

آنوشا خونسرد با موبایلش بازی می‌کند و سایمان از استرسِ شدید تیک عصبی گرفته، مسئول حراست وارد اتاق می‌شود.

۲. داخلی. روز. امور دانشجویان:

— تیتراژ شروع —

دانشجویان جدید الورود درصفِ ثبت نام منتظرند ، آنوشا با عجله از میان صف عبور می‌کند و خودش را به مسئول آموزش می‌رساند.

آنوشا: ببخشید (مکث) معذرت می‌خوام (رو به کارشناس) ببخشید خانم می‌شه اینو لطفاً امضاء بزنین؟

کارشناس برگه‌ها و مدارکی که آنوشا روی میز می‌گذارد برداشته و با بی‌حوصلگی بررسی می‌کند.

کارشناس: کامل نیست.

آنوشا: یعنی چی؟

کارشناس: یعنی کامل نیست. بفرمایید خانم، بفرمایید مدارک رو تکمیل کردین تشریف بیارین.

آنوشا: شما دوباره یه نگاهی بندازین همه مدارک طبق لیستی که خودتون دادین تهیه شده مطمئنم اشتباه می‌کنین.

کارشناس: خانم من وقت این کارارو ندارم بفرمایین.

دانشجویان به معطل شدنشان درصف اعتراض دارند، آنوشا عصبی و کلافه بعد از کمی اصرار و انکار کردنِ مسئولِ مربوطه شروع به دعوا و درگیری با کارشناس می‌کند.

- پایان تیتراژ ابتدایی -

۳. داخلی. روز. حراست دانشگاه:

آنوشا و سایمان با مسئول حراست صحبت می کنند.

سایمان: اصلاً مسأله اون طوری که شما فکر می‌کنید نیست.

آنوشا: یه امضای ساده برای یک مرخصی تحصیلی ساده انقدر....

حراست: شما همیشه خواسته های ساده تونو با کتک کاری و هرج ومرج تقاضا می‌کنین؟

آنوشا: عکس العملِ من حاصل جبرِ مسئول بی کفایتتون بود که برای همین امضای ساده یک هفته است میگه برو بیا، برو بیا و یک پاسخ درست نمیده.

سایمان آهسته به پای آنوشا می‌زند که سکوت کند.

سایمان: (رو به مسئول حراست) اگر من از شما معذرت خواهی کنم بابت تمام اشتباهات ایشون سوء تفاهم برطرف می‌شه؟

حراست: این خانم درعکس العمل جبرگونه سابقه درخشانی دارن شما دخالت بیجا نکنین ... اصلاً کی بهتون اجازه داد بیاین داخل، بفرمایید بیرون آقا ..... این جوری بیش تر به صلاحه .... بفرمایید بیرون.

سایمان: آخه .... اگه تعهد امضا کنیم چی؟

آنوشا: کاراشتباهی نکردم که تعهد بخواد

سایمان مجدد به پای آنوشا می‌زند.

حراست: گفتم شما بفرمایین بیرون، بفرمایین تا باهاتون طور دیگه‌ای رفتار نکردم. این مساله به شما هیچ ربطی نداره ... دخالت بی جهت نفرمایید.

سایمان: من....

حراست: (با صدای بلند) گفتم بیرون.

سایمان بدون اینکه صحبتش را ادامه دهد بیرون می‌رود.

حراست: (عصبانی) خانم وثوق شما دیگه از حدش گذروندین، اون از دفعه قبلی درگیریتون با استاد، اون از آشوب و اغتشاشی که فقط برای اعتراض به یک برنامه ساده دانشگاهی یک هفته دانشگاه رو بهم ریختین، اینم از این که به هر بهانه‌ای دعوا راه می‌اندازین، قطعاً یه فرد نرمال این کارها رو نمی‌کنه، اگر مشکل روحی و روانی دارین روش درمانش روانپزشک و مشاوره است نه دانشگاه و داد و بیداد.

آنوشا: بنده حالم خوبه، درصحت عقلی کاملم هستم، هیچ مساله غیرنرمالی هم در وجودم موج نمی‌زنه، تنها مشکلم آدم‌های

بی‌مسئولیتی امثال کارمند شماست که حق طبیعی یه دانشجو
رو ازش دریغ می‌کنه.

مسئول حراست لحظاتی را تمسخرآمیز به آنوشا نگاه می‌کند، درحالی که سرش را به
نشانه تاسف تکان می‌دهد برگه‌ای را از میان پوشه‌های روی میز بیرون می‌آورد و به
او تحویل می‌دهد.

حراست: شاید دو ترم تعلیقی براتون کافی باشه تا تغییری در افکارتون
ایجاد کنین و متوجه تفاوت یه مکان فرهنگی با میدون جنگ
و رزم بشین (کمی مکث) البته می فهمم کسی که وسط جنگ
بزرگ شده درک چنین چیزی براش غیر قابل فهمه، خوش
بگذره فراغت از تحصیل

آنوشا با عصبانیت برگه را می‌گیرد و هنگام بیرون رفتن از اتاق در را محکم می بندد،
درسالن انتظار سایمان منتظرش است ولی بی اعتنا از کنار او عبور می‌کند و سایمان
هم پشت سرش با عجله می‌رود.

سایمان: آنوشا.....آنوش .... آنوشا ...... وایستا

۴. داخلی. روز. ماشین سایمان:
سایمان درحال رانندگی با آنوشا صحبت می‌کند.

سایمان: نگرانتم!

به چراغ قرمز می رسد و ماشین را متوقف می‌کند.

آنوشا: چرا؟

سایمان: بحث کردنات، دعوا راه انداختنات، بیخودی عصبی شدنات، تو
هرکاری دخالت کردنات، اینا دلایل کافی نیست برای نگرانی؟

آنوشا: این که بخوای پای حق و حقیقت بمونی اشتباهه؟ این که از این همه عدالتیکه صبحِ طلوع نزده تا شبِ به سیاهی نرسیده گوش مردم رو ازش پر می‌کنن سهم منم ازش بیفته توی جریان زندگیم راه کجه که بشه نگرانیِ تو وجودت؟

سایمان: این حقی که حرفشو میزنی از نظر تو ساده است ولی پیچیده تر از این حرفاست که به خاطرش دست به یقه شی و بریزی به هم همه اون آدمایی روکه معلومه پشتشون کی وایستاده. بفهم دختر، همیشه این زبون نباید بچرخه اون سمتی که تو می‌خوای، هرچی یک راهی داره.

چراغ سبز می‌شود و سایمان حرکت می‌کند.

آنوشا: نمی‌گنجه تو ذهنم این همه ریایی که تهش می‌شه یه زبون گوش به فرمان دیگران و یه فکر تا ابد مدیون خودش.

سایمان: میگم یاغی ای همینه دیگه، ولی نمی‌دونی، نمی‌دونی خیلی چیزا روکه توآینده است و یه روزی پاشو میزاره رو خرخره‌ات.

سایمان داخل کوچه‌ای می‌پیچد و مقابل خانه‌ای قدیمی نگه می‌دارد.

سایمان: می‌ترسم آنوش، می‌ترسم برگردی و ببینی خراب شده تموم اون پلایی که یه عمردونه دونه آجرگذاشتی رو هم و ساختیشون.

آنوشا: (با تأمل) وسط این همه راستی و درستی با یه روز اشتباه رفتن کج نمی‌مونه تا ابد این راه.

آنوشا از ماشین پیاده شده و قبل از رفتن از پنجره ماشین رو به سایمان نگاه می‌کند.

آنوشا: چرخیدن زبون به حقیقت یه وقتایی تاوانه، پیچیدن به دروغم از هم پاشیدن اعتقاد و باورا ته، سکوت تنها مرهمِ روزخمِ این روزاس.

سایمان: این دهن به بی وقتی پیش آرشام باز نمی‌شه، خیالت راحت.

آنوشا لبخندی می‌زند و می‌رود، سایمان هم ماشین را روشن کرده و حرکت می‌کند.

۵. داخلی. روز. منزل آرشام وآنوشا:

آرشام پسری ۳۰ ساله با چهره‌ای که بیشتر از ۳۰ سال نشان می‌دهد لاغر و مریض احوال است (دارای بیماری تحلیل عضلانی) روی ویلچر نشسته وکتاب می‌خواند، آنوشا وارد خانه می شود.

آنوشا: سلام.

آرشام: سلام عزیزم، خسته نباشی.

آنوشا: آخ گفتی، خیلی روز مزخرف وکسل کننده‌ای بود.

روی مبل می‌نشیند.

آرشام: خیلی خوب پاشو برو دست و صورتتو بشور بیا ناهار حاضره.

آنوشا: چشم قربان.

آرشام به آشپزخانه و آنوشا هم به سمت دستشویی می‌رود.

۶. داخلی. روز. آشپزخانه:

آرشام درفکراست، آنوشا پشت میز می‌نشیند و شروع به غذا خوردن می‌کند.

آنوشا: اوه اوه چه کردی.

آنوشا با عجله غذا می‌خورد و آرشام درحال فکرکردن با غذایش بازی می‌کند.

آنوشا: عاشقی؟

آرشام: چی؟

آنوشا: میگم عاشقی؟ هوش از سرت برده؟

آرشام: ما باید با هم صحبت کنیم.

آنوشا: الان داریم چیکار می‌کنیم؟

آرشام: حوصله شوخی ندارم.

آنوشا قاشقش را داخل بشقاب می‌گذارد و دست از غذا خوردن می‌کشد.

آنوشا: اتفاقی افتاده؟

آرشام دستش را ماساژ می‌دهد.

آنوشا: چی شده آرشام؟ دوباره دردات شروع شده؟

آرشام: حرفم چیزدیگه است.

دردِ دستش بیشتر می‌شود، به روی خودش نمی‌آورد و دستش را ماساژ می‌دهد.

آنوشا: قرصات کجاست؟

آرشام: ولش کن.

آنوشا بلند می‌شود و ازکابینت لیوانی بر می‌دارد.

آرشام: (داد می‌زند) گفتم بشین نمی‌خواد.

لیوان از دست آنوشا زمین می‌افتد و می‌شکند.

آرشام: (آهسته) قرصام تموم شده.

آنوشا: (عصبی) چرا قبل تموم شدن نمیگی (تکه های لیوان را جمع می‌کند) من صبح تا شب جون می‌کنم برای چی؟

آرشام: حرف منم همین جون کندنِ توئه.

آنوشا: چرا دائماً این زخم کهنه روکه ته فکرکردن بهش می‌شه بهم ریختن جفتمون باز می‌کنی؟

آرشام: تهش هرچی که باشه مرد این خونه، مرد زندگی تو منم. از این بیکاری وکلافگی، از این سردرگمی، از اینکه جای ما، نقش ما، تو این خونه عوض شده اذیت می‌شم.

آنوشا درحال جمع کردن ظرف‌ها و غذاهای باقی مانده شروع به صحبت می‌کند.

آنوشا: عزیز من، عشق من، دارو ندارم، نمی‌چرخه چرخ این روزگار بی رفتن و دویدن. زندگی خرج داره، دانشگاه من، دوا و درمون تو، بیمارستان لعنتی و کهریزک خرج داره.

آرشام: گوش کن.

آنوشا رو به روی آرشام نیم خیز می‌ایستد و به چشمانش زل می‌زند.

آنوشا: یه بار برای همیشه میگم؛ مشکل تو فقط دوتا چرخی که سنگینی این وزن بی حسو روش می‌کشه نیست؛ فقط هزار جوره گره کورکه پیچیده به طناب پوسیده زندگیمون نیست؛ من و تو ظاهرمون، رفتارمون، تفکرمون با بقیه فرق داره و این برای آدمای اون بیرون مهمه؛ خیلی هم مهمه. کسی که پرستار بچشم پول خوبی میده چون از زندگیم هیچی نمیدونه چون نمیدونه من امروز زیر دِین چند نفر رفتم برای چند ماه بیشتر زندگی رو ساختن؛ چون هیچی نمیدونه از بی هویتی که توگذشته است و دائماً خرخرمو می‌جوئه؛ به من اعتماد کرده و نمی‌خوام ازدستش بدم پس انتظار نداشته باش بیفتم دنبال پیِ کار؛ خودت می‌دونی و خودت.

آنوشا از خانه بیرون می‌رود و در را محکم می‌بندد، آرشام به فکر فرو می‌رود.

۷. داخلی. شب. منزل سانیارحاتمی:

راسپینا دختر سانیارحاتمی (صاحب کار آنوشا) بر روی تخت اتاقش خوابیده و آنوشا هم کنار تخت خوابش برده که تلفن همراهش زنگ می‌خورد.

آنوشا: (خواب آلود جواب می دهد) بگو سایمان...... چی شده..... چی؟ شما الان کجا، بیمارستان..... الوگفتم بیمارستانی، می‌رسونم خودمو بهتون. ..خدافظ.....

کوله اش را برداشته، راسپینا را بوس می‌کند و درحال رفتن با سانیار تماس می‌گیرد.

آنوشا: الو... سلام آقای حاتمی... من

از خانه بیرون می‌رود (قطع تصویر)

۸. داخلی. شب. بیمارستان (ادامه):

در راهروی بیمارستان آرشام نگران و مضطرب به ساعتش نگاه می‌کند و سایمان قدم می‌زند. آنوشا نفس زنان پیش آنها می‌آید.

آنوشا: (رو به آرشام) حالش چطوره؟

سکوت

آنوشا: نگفتی زود برسون خودتو، وقتی نیست برای از دست دادن.... خوب؟

آرشام سرش را به نشانه تاسف تکان می دهد، آنوشا با احساس نفس تنگی بی رمق زمین می نشیند.

سایمان: حالت خوبه؟

آنوشا: این همه سال، این همه درد و عذاب.

سایمان از اتاق بیرون رفته و با لیوانی که از آب پرشده بر می‌گردد و آن را به آنوشا می‌دهد.

آرشام: (ناراحت) از دیشب تا به حال دوبار ایست قلبی میکنه و میره کما، دکتر میگه سطح هوشیاریش خیلی پایینه.

آنوشا: می‌خوام ببینمش.

آرشام: نمی‌شه.

آنوشا: باید ببینم.

سایمان: فردا.

آنوشا: فردا به دردم نمی‌خوره.

آرشام: چرا لج می....

آنوشا: (ملتمسانه) خواهش می‌کنم.

سایمان: آروم باش، ببینم دکترش چی میگه.

سایمان از اتاق بیرون می‌رود.

۹. خارجی. شب. حیاط بیمارستان:

سایمان می‌آید و بدون اینکه آنوشا متوجه شود روی صندلی کنارش می‌نشیند.

سایمان: این چنگی که تو انداختی به ریسمون نا امیدی ذره ذره خرد می‌کنه همه اون قدرتی که تو پوست و خونت رخنه داره دختر.

آنوشا متوجه حضور سایمان می‌شود.

آنوشا: آرشام همیشه وجدانش زخمی بود وقتی می‌دید پدرش رنج داره و نمی‌تونه کاری بکنه . اما الان، الان که شده یه جسم بی‌حرکت که هیچ ردی از دردتوی رگاش نیست، همه جون و وجودش ریخته بهم، نگرانشم.

سایمان: یه مدت تنها باشه کم می‌شه از این حجم دلتنگیش.

آنوشا: سایمان؟

سایمان: جانم.

آنوشا: اگه مدت طولانی بره کما..... دوباره بستری شه و هزار جور دوا درمون دیگه، اگه هزینه هاش سر به فلک بکشه و همون یه ذره قدرت باقی مونده جیبم بشه یه ضعفِ همیشگی.

سایمان: من کنارتونم خیالت راحت.

آنوشا: که بابات منت بزاره.

سایمان: کِی انقدر بی معرفت شدی...... خبرداری پاک حسابم و دیگه ردی از بابام نیست تو مدار زندگیم وکنایه میاری به زبونت؟

آنوشا: جیب بابای من سرِ هر برجِ وصلِ به خزانه بانک مرکزی.

سایمان به آنوشا نگاه کرده و سکوت می‌کند.

آنوشا: (بعد از چند ثانیه) ببخشید؛ داغونه حالم انقدری که فکر و زبونم یکی نیست؛ می‌شه آرشامو برسونی خونه؟

سایمان: تو؟

آنوشا: می‌مونم.

سایمان: (آهی می‌کشد) بر می‌گردم.

سایمان بلند می‌شود، سمت ماشین می‌رود و سوار می‌شود، آرشام درصندلی پشت ماشین خواب است ماشین را روشن کرده و حرکت می‌کند.

۱۰. خارجی. روز. یزد:

مراسم عزاداری مخصوص زرتشتیان برای پدرآرشام درحال برگزاری است، آرشام درسکوت کامل به نقطه‌ای خیره شده و آنوشا هم با بغض و در فکر حواسش به او است.

۱۱. داخلی. چندشب بعد. منزل آرشام وآنوشا:

آرشام وآنوشا و سایمان بدون این که حرفی بزنند نشسته اند، آرشام چهره گرفته و عصبی دارد.

آنوشا: (حواسش به آرشام است) سایمان جان...... این مدت حسابی درگیر شدی.

سایمان: فدای سرت مهم نیست.

آرشام هم چنان کلافه و عصبی است.

آرشام: پولایی که امروز ریختی به حساب من ازکجا آوردی؟

آنوشا: با منی؟

آرشام: نه توهم دارم با خودم حرف می‌زنم.

سایمان: من بهش قرض دادم.

آرشام: (عصبی) شما بیخودکردی، بهت گفتم حق نداری یک قرون از پولاتو برا زندگی ما خرج کنی (روبه آنوشا) چند روز پیش موقع تعمیرلوله‌آب مگه نگفتی یک قرون دستم نیست، پس الان؟ دست و پا ندارم عقلم که هنوز سر جاشه .....

آنوشا: از صاحب کارم گرفتم.

آرشام: آها.....برای چی پول می‌خواستی که رفتی زیردینِ یه آدم؟

آنوشا: گفتم برای کارای مراسم و بیمارستان دستمون خالی نباشه.

آرشام: بیمارستان روکه قبل اومدنِ توخودم تسویه کردم، هزینه های مراسم ورفت و آمدم که همه رودوش من بود، صاحب کار جنابعالی مگه خیریه دارن؟

آنوشا سکوت می‌کند.

آرشام: پرسیدم خیریه دارن ایشون؟

آنوشا: (باکنایه ولجبازی) آره، اتفاقا نظرشم این بود ما از هر نیازمندی واجب تریم.

آرشام دستش را بالا می‌آورد که آنوشا را کتک بزند، سایمان مقابل آرشام می‌ایستد و دستش را می‌گیرد.

سایمان: نمی‌ذارم دست روش بلند کنی.

آنوشا به اتاقش می‌رود.

سایمان: اون دختر به اندازه کافی فشار روش هست تو دیگه پیله نکن.

آرشام: (با صدای بلند و لحن کنایه آمیز) اون دختری که شما میگی دیگه قابل اعتماد نیست چون آزادیش بیش از حد شده، دروغ گو شده و حرفاش سر و ته نداره، هر روز یه چیز تحویلم میده.

آنوشا با عصبانیت و درحالی که ساکی دستش است سمت سایمان و آرشام می‌آید.

آنوشا: خیلی دوست داری بدونی باشه، قمارکردم.

سایمان: (بهت زده) توچیکارکردی؟

آنوشا: مگه نشنیدی؟ قمارکردم چون چاره دیگه‌ای نداشتم؛ چون کسی به یک دختر تنها پول قرض نمیده؛ چون ۲۰ بار از

آسایشگاه زنگ زدن برای عرض تسلیت و البته یک عرض کوچیک (سکوت)؛ قمار کردم چون اون یک قرون دو هزاری که از شغل من و تو در میاد کفافِ زندگی لعنتی رو نمیده همینو می‌خواستی بشنوی دیگه نه.

آنوشا تصمیم به رفتن می‌گیرد و سایمان مقابلش می‌ایستد.

سایمان: کجا؟

آنوشا: هرجا، به تو مربوط نیست.

سایمان سیلی محکمی به آنوشا می‌زند و از دماغش خون می‌آید.

سایمان: یا چشماتو بازکن و درست به دور و برت نگاه کن یا اگه کج گذاشتی آجر یه گوشه از زندگیتو پاش وایستا، پای حرف و عملی که فکرش پیچده تو ذهنت وایستا، حتی به غلط.

آنوشا بینی و دهانش پر از خون شده، آرشام به اتاقش می‌رود و سایمان هم از خانه بیرون می‌رود.

۱۲. داخلی. صبح. دوهفته بعد. منزل آرشام و آنوشا:
آرشام با سایمان تماس می‌گیرد و بعد از دریافت نکردن پاسخی پیغام صوتی می‌گذارد.

آرشام: سایمان هوای خونه ما گرگ و می‌شه؛ طناب پوسیده ارتباط مون دمادمِ پاره شدنشه؛ دیگه رَدِ حرفای همو دنبال نمی‌کنیم؛ همه هوش وحواست پیِ آنوش باشه؛ چشمت پیِ آنوش باشه؛ زندگیت پیِ آنوش باشه. این دختر کله خرابه؛ نزار تو منجلابی بیفته که فرداش پشیمونی بیاره؛ من اگه سر مهربونی سازگاری کنم باهاش فردا روزی سهل می‌گیره همه خشم و اخم هامو سرِغلطِ زندگیش؛ برادری کن درحقش؛ برادری کن در حقش.

۱۳. خارجی. صبح. حیاط دانشگاه:

آنوشا درگوشه ای با تلفن همراهش مشغول است، سایمان را می‌بیند که به سمت او می‌آید، کیفش را برداشته و بیرون می‌رود.

سایمان: (پشت سرآنوشا) آنوش وایستا.....آنوشا...آنوش

به آنوشا می‌رسد و مقابلش می‌ایستد.

سایمان: وایستا .... کارت دارم.

آنوشا: دیرم شده

سایمان: قهری مثلاً؟

آنوشا: قهر مال بچه هاست.

سایمان: کار واجب دارم.

آنوشا: نه وقتشودارم نه حوصله شو.

سایمان: مهمه ، مهم تر از همه گفته هامون؟

آنوشا: کوتاه.

سایمان: چشم خانم، چشم عزیزم، چشم خواهرم.

آنوشا با تامل و مکث سمت ماشین سایمان می‌رود، سایمان هم با لبخند پشت سرش می‌رود.

۱۴. داخلی. روز. کافی شاپ:

دردنج ترین محل کافه پشت میزی رو به روی هم نشسته اند.

سایمان: آرشام چطوره؟

آنوشا: زنگ بزن از خودش بپرس.

سایمان: خیلی سخته چرخیدن این زبون به خوبه.

آنوشا: (کلافه) خوبه..... یعنی بده.... نمی‌دونم.... سکوت شده تنها رابط بینمون .خونه شده عین یه زندون که من زندانی شم و اون زندانبان، پرونده داروها برا همیشه مختومه شد. چون حرومه دستی که تو جیبِ منه، مسیرمون از هم جداست چون ته این جاده یاغی‌گری و سرکشی ناکجا آباده.

گارسون کیک و قهوه را آورده و روی میز می‌چیند و با اشاره سایمان می‌رود.

سایمان: (رو به آنوشا) انتظار داری مقابلت زانو بزنه و به تشویقت بشینه.

آنوشا: می‌شه بگی چیکارکردم خودمم بدونم؟

سایمان: (پوزخند می‌زند) چیکارکردی؟ بوی گند و کثافت زندگیتو برداشته، تا خرخره رفتی تو لجن.

آنوشا: چرا چرت و پرت میگی؟

سایمان: لازمه بهت یادآوری کنم که تو یک قمار بازی؟

آنوشا: درست حرف بزن.

سایمان: چیه بهت برخورد، قرمزترین خط زندگی آرشام شرافته، فکرت، ذهنت، حرفت همیشه باورات بوده و راستیً درستی، چرا پس، چرا!؟

آنوشا خیره به چشمان او نگاه می‌کند و می‌رود، سایمان پولی روی میز می‌گذارد و به دنبال آنوشا ازکافه بیرون می‌رود.

۱۵. خارجی. روز. خیابان:

سایمان: آنوش..... آنوش جان .

از پشت کوله آنوشا را می‌کِشد و نگهش می‌دارد.

سایمان: صبرکن.

آنوشا:	بیشتر از تندی زبونت وکینه دلت انتظارداشتی؟
سایمان:	بشنوحرفِ تموم شده مو بعد حکم بده، ببین دلسوزی به وقت و موقِعَم رو بعد برو.
آنوشا:	حرف وکلامی نیست بینمون.
سایمان:	بریم تو ماشین.

آنوشا نگاه می‌کند.

| سایمان: | به روح مادرت، به خاک پدرآرشام بشنو و بگو نه، گوش کن و بگو نه، بفهم و بگو نه |

آنوشا با بی میلی سمت ماشین می‌رود و سایمان هم لبخند رضایت می‌زند.

۱۶. داخلی. روز. ماشین سایمان:

سایمان:	برام مهمه چرا؟ این راه .... تو....
آنوشا:	اون پول قرضه.
سایمان:	نگو از صاحب کارم که باور نمی‌کنم.
آنوشا:	دفعه قبلی که از بابات خواستم خونه رو برام بفروشه یکی رو بهم معرفی کرد برم پیشش، می‌گفت تا خونه فروش بره می‌تونه بهم قرض بده و کارم راه میفته.
سایمان:	اشکان؟
آنوشا:	آره.
سایمان:	اشکان حساب کتابی این وسط نباشه بی تضمین و ضمانت خرج نمی‌کنه.
آنوشا:	تضمینش سند خونه است و چندتا سفته که اگه نبود بعد یک سال پول روی میزش، خاطرجمع باشه وآسوده

سایمان: وای.... تو رسماً دیوونه‌ای دختر..... تو این مغزت به جای عقل چی هست که میری پیِ احمقانه ترین تصورات ذهنت، میری پیِ آسون ترین راه جلو چشمت.

آنوشا: چیکار باید می‌کردم و نکردم، دستمزد خوابوندن بچه تو تختش تهش میشه دو روز خوراک بهتر خوردن مبادا که آسیب نزنه به آرشام بی خوراکی دستمزد چهارتا کاغذ پاره‌ای که آرشام شب تا صبح، صبح تا شب بابتش انگشت می‌کوبه رودکمه های لب تاپ که نمره بیستِ پایان نامهِ دانشجو تنبلای کلاس نشه نوزده، تهش میشه یه بخور نمیره زیرِ خطِ فقر که اصلاً نمی‌دونم کِی پیدا شد این فقرلعنتی تو این مملکت و کی کشید یه خطی این وسط، که یکی بشه بالای خط و یکی پایین خط.

سایمان: عزیزِ من، رفیقِ من، اون پولِ تو حساب بانکیت قرض نیست که اگه بود و همه دنیام می‌گفت غلطه من می‌گفتم تو درستی و اونا غلط، ولی الان این پول، این راه، این فکر، بیش تراز یک غلطِ بزرگ که تهش بشه یه غلط بزرگ تر و تهشم یه اشتباهی که نشه جمعش کرد نیست، حرفِ من، حرفِ اسمش نیست که درسته یا غلط، حرف من اینه وقتی پولی رو می‌گیری که باید همه دارایی تو پاش بدی و تهش تو بمونیُ لباس تنت ه جیب خالی با شب های تاریکی که هردفعه گوشه یک خیابون بگذره یعنی یک عمرحسرت و پشیمونیِ فکرنکردن و عمل کردن.

آنوشا: سه ماهه تنهایی‌های شبانم شده کابوس، همه وجودم شده عذاب و درد، ترسم از اینه برسه اون روز لعنتی و بشیم آواره و کولی کوچه و پس کوچه‌ها.

سایمان بطری آبی را به آنوشا می‌دهد.

سایمان: (ناراحت) آروم باش، درستش می‌کنیم.

آنوشا: نگو حساب پس دادنش با توکه ....

سایمان: نگران نباش.

آنوشا آب می‌خورد.

آنوشا: جورکشِ من نباش.

سایمان: بس کن این حرفارو.

آنوشا: منت رو سرم باشه .....

سایمان: منتی .... اصلاً من چرا بیخودی با تو بحث می‌کنم.

آنوشا: سایمان.

سایمان ماشین را روشن می‌کند و با سرعت می‌راند.

آنوشا: سایمان.

سایمان بی توجه به آنوشا با سرعت بیش تری رانندگی می‌کند.

۱۷. داخلی. روز. باشگاه بیلیارد:

دو پسرجوان درحال بازی هستند، سایمان وآنوشا پیش آن دو می‌روند.

سایمان: اشکان.

اشکان: به به آقا سایمان فرمایش؟

سایمان: پولتو آوردم.

اشکان: حافظه یاری نمیده، کی وکجا حرف بینمون پول بوده؟

آنوشا: پولی که به من دادی.

سایمان به آنوشا اشاره می‌کند که ساکت باشد.

اشکان: (رو به آنوشا) اوه .... لَه لَه .... حتمی آقا سایمان تازه از راه رسیده است انقدرآتیشش تنده.

سایمان بین آنوشا و اشکان ایستاده و رو به روی اشکان صحبت می‌کند.

سایمان: هرحرفی است به من بگو.

اشکان: آقای هرحرفی.... ما تومراممون نیست پولی که قرض می‌دیم به این سرعت پس بگیریم، آخه طرف زیر بار دِین بهمون کمرخم می‌کنه.

سایمان: (پوزخند) قرض؟

آنوشا: سایمان بیا بریم شر به پا می‌شه.

سایمان: (عصبانی) تو ساکت باش.

پسر: (باخنده) داش اشکان بابا اینا با خودشونم بحران دارن.

سایمان: (یقه لباس اشکان را مرتب می‌کند) ببین آقای بامرام، پولتو آوردم با پنجاه تا اضافه یا می‌گیری سندو سفته ها رو پس میدی یا خود دانی.

اشکان: یا خود دانم، برو بزار باد بیاد بچه.

سایمان یقه اشکان را گرفته و سرش را به میز می‌کوبد، دعوا شروع شده، پسرجوان هم به آن ها ملحق می‌شود و آنوشا سعی می‌کند جدایشان کند ولی دعوا و درگیریشان شدید تر می‌شود.

سایمان: آشغال عوضی فکرکردی این دختر بی کس وکاره.

دعوا ادامه پیدا می‌کند.

۱۸. خارجی. ظهر. خیابان (ادامه):

سایمان با لباس خونی و صورت زخمی لبه جوب آب نشسته، آنوشا برایش آب می‌ریزد و زخم‌های صورتش را با دستمال خیسی تمیز می‌کند.

آنوشا: حالت خوبه؟

سایمان: خوبم.

سایمان صورتش را می‌شوید.

آنوشا: گفتم خودتو قاطی نکن.

سایمان خون‌های صورت و لباسش را تمیز می‌کند.

سایمان: نگاه کن سند و سفته‌ها درسته؟

آنوشا: آره درسته.

سایمان دستش درد می‌کند.

آنوشا: اگه حرف و سخنمون، درگیریمون رو برسونه به گوش بابات؟

سایمان به ساعتش نگاه می‌کند.

سایمان: فعلاً که اگه دیر بشه باید به آرشام جواب پس بدیم پاشو بریم.

سایمان بلند می‌شود.

آنوشا: آخه.

سایمان: ول کن دیگه دختر، راه بیفت.

آنوشا: بریم.

سوار ماشین می‌شوند و می‌روند.

۱۹. داخلی. شب. منزل سانیارحاتمی:

راسپینا دراتاقش گریه می‌کند. آنوشا سعی می‌کند آرامش کند و صدای دعوای سانیار و همسرش دراتاق شنیده می‌شود.

سانیار: تو همیشه دچارتوهمی و نمی‌خوای قبول کنی نیاز به درمان داری.

سوزان: من هیچ مشکلی ندارم این تویی که بیماری.

سانیار: دیگه از جنگیدن باهات خسته شدم، بهترین راه جدایی ما از همه.

سوزان: منم باهات موافقم ولی راسپینا سهم منه نه تو.

آنوشا از اتاق بیرون می‌آید.

آنوشا: بس کنین دیگه با جفتتونم اون بچه بیچاره چه گناهی کرده.

سوزان: زندگی شخصی ما به توهیچ ربطی نداره.

آنوشا: خانم محترم راسپینا از ترس داره به خودش می‌پیچه، گریه‌اش بند نمیاد.

سوزان: بچه است الان گریه می‌کنه دو دقیقه بعدش ساکت میشه

سانیار: شما بفرمایید تو اتاق خانم.

سوزان: (رو به سانیار) من دیگه از زندگی با تو خسته شدم اصلاً ازکجا معلوم کس دیگه‌ای رو زیر سرداری عمدا می خوای منو دیوونه کنی.

سانیار: وای وای وای ..... محض رضای خدا بس کن سوزان.

آنوشا سرش را به نشانه تأسف تکان داده و به اتاق بر می‌گردد.

سانیار: یک کم منطقی باش، بپذیرمشکلاتتو.

آنوشا دراتاق راسپینا را درآغوش می‌گیرد و هم چنان صدای دعوای سانیار و همسرش شنیده می‌شود.

۲۰. داخلی. شب. منزل آرشام و آنوشا:

تصویر تلویزیون برفک شده و آنوشا بدون اینکه متوجه باشد درفکر است. آرشام تلویزیون را خاموش می‌کند واو متوجه حضورش نمی‌شود.

آرشام: چی شده؟

آنوشا جواب نمی‌دهد.

آرشام: آنوش.

دستش را مقابل صورت آنوشا تکان می‌دهد و او به خودش می‌آید.

آنوشا: ها.....چیه؟

آرشام: معلوم هست کجایی؟

آنوشا: راسپینا هیچ جای زندگی این دو نفر نیست، قشنگ‌ترین لحظات زندگیش میون آتیش اختلافی که شعله‌اش روز به روز قوی تر می‌شه می‌سوزه ولی راسپینا حتی اون کبریت شکسته انتهای جعبه هم که جلوی این شعله رو بگیره نیست.

آرشام: هرچقدرم فکرکنی بی‌فایده است تا خودشون نخوان مشکلاتشون حل نمی‌شه، تو یه پرستارساده‌ای چه کاری ازت برمیاد، الان گوشِت و چشمت سمت من باشه که حرف دارم باهات.

آنوشا: جانم می‌شنوم.

آرشام: چرا فکر قمار پیچید به ذهنت؟ وقتی گردن‌گیرت نبوده چرا باید ذهنت خطورکنه سمتش؟

آنوشا: نمی‌دونم، وقتی تو قضاوتم کنی، دنیا روسرم خراب می‌شه؛ خشم می‌شه همه افکارم؛ خون می‌شه حال دلم؛ لج می‌کنم شاید آروم شم؛ خطی که تو دایره زندگیت قرمزه به زبون می‌ارم شاید برگرده ورق این بی اعتمادیت شاید بفهمی یکی نیست حرفی که به زبون می‌ارم و راهی که رفتم؛ می‌ترسم؛ می‌ترسم از شکی که تو وجودت هست به راهم، به حرفم، به باورام.

آرشام: راست تر از قمارنیست راهی که رفتی و می‌خوای بمونه بین خودت، جدایی این دوتا راه از هم فقط اسمشونه و بس، قشنگ تر و بی گناه‌تر دیده می‌شه چون از سر ناچاریه و قمار از سرِمستی.

آنوشا: من ....

آرشام با دستش به نشانه سکوت اشاره می‌کند.

آرشام: هیس.... هیچی نگو...... می‌دونم زندگیمون کجای این دنیاست، اون بار سنگینِ رو دوشِ من بیشتر از تو نباشه کم تر نیست.

دفترچه حساب بانکی را از جیبش بیرون می‌آورد و روی میز می‌گذارد.

آرشام: همه پولایی که این سال‌ها خواستی خرج من بشه، دوا درمونم بشه قرص و آمپولم بشه، ریختم خزانه بانک برا مبادات، قرصارو یکی درمیون خوردم برا مبادات، زنگ زدی گفتم فیزیوتراپیم و خونه دوستم بودم پی کار برای مبادات، حالا مباداست باشه، اینو بردار جای اینکه بری سمت ریختن شرفت.

آنوشا: تو... آر....

آرشام اجازه نمی‌دهد حرفش ادامه پیدا کند.

آرشام: تمام اون روزا سخت گرفتم، شبم به صبح نرسید از امونِ بریده
دردِ درمون نشدم، از فقط ده تا جلسه دکتر و رفتن و ده تاشو
پیچوندن، اگه گفتم و شنیدی نه که منتی باشه، نه. پول خودته
و از شیری که رفته توی پوست و خونت حلال‌تر، گفتم که
بدونی حواسم هست به این دنیا وآدم هاش. که بدونی هیچ
وقت نمی‌شم بارِسنگینی زندگیت، ولی برسه اون روز که راهت
بشه لگد کردن شرافت، باورم بشکنه بهت، راهمون برای همیشه
جداست.

آنوشا: سنگین به زبون می‌آری حرفاتو؟

آرشام: بابای من آدم بدی نبود یه عمر فقط تو زندگی خودش بود و
بی خیال دنیا. اما یه روزی یه جایی برید، کم آورد، شد اونی
که نباید، افتاد. اون اتفاقی که حتی من و مامان رو ازش
دورکرد، می‌ترسم توام یه یه روزی......

آنوشا: مگه تا حالا بریدم که تهش ببرم.

آرشام: خیلی وقته خوره افتاده به جونم همش منتظریه اتفاقم، حس
می‌کنم قراره یه گردابی کل زندگیمونو با خودش ببره.

آنوشا: نمی‌فهمَمِت.

آرشام: همه عمرت لب مرز درست و نادرست بودی و نذاشتی پاره
شه این طناب و بیفتی ته چاه ولی......

آنوشا: یه وقتایی هرچقدرم بجنگی تهش مجبوری تسلیم شی، تسلیم
زمین سستی که زیرِپاته و دایره‌ی امنی که تنهایی زندگیته،
هیچ ترسی تو رگ به رگ وجودم نیست جز اینکه یه روزی

بشکنه دیوار اعتماد بین من و تو، فرو بریزه همه اعتقادت به راه و رسمم، یه روزی اگه تو باشی و باورت نباشه، من برای همیشه تمومم، تو باشی و نگاهت برگرده ازم، تمومم، تو باشی و دلت کدرشه ازم، تموممو.

آرشام: تا دنیا دنیاست هستم و هستی و رنگ خیال آسوده رو تو زندگیت می‌پاشم.

آنوشا به آرشام نگاه می‌کند و لبخندی می‌زند.

آرشام: چیه؟

آنوشا: خیلی دوستِ دارم.

آرشام نگاه می‌کند.

آنوشا: من خوشبختم که تو رو دارم.

آرشام: خیلی خوب حالا دو تا تعریف کردم ازت لوس نشو حوصله نازکشی ندارم.

آنوشا خمیازه می‌کشد.

آرشام: بفرما، خوابتم می‌اد پاشو برو بخواب بچه. پاشو.

آنوشا: بیداری هنوز؟

آرشام: آره برو.

آنوشا به اتاقش می‌رود و آرشام با کلافگی درحالی که می‌شود اضطراب را در چهره‌اش دید فکر می‌کند.

۲۱. داخلی. عصر. شرکت مهندسی:

آنوشا در سالن انتظار روبروی اتاق ریاست منتظر است، آرشام با حالت عصبی از اتاق بیرون می‌آید.

آرشام: بریم.

آنوشا: چی شد؟

آرشام: هیچی بریم.

می‌روند.

۲۲. داخلی. عصر. شرکت کامپیوتری:

آرشام درحال پرکردن فرم‌های شناسایی است که مرد جوانی وارد اتاق می‌شود و پشت میز می‌نشیند.

آرشام: (فرم را به مرد می‌دهد) بفرمایید.

مرد: ببخشید شما قطع نخاع هستید یا موقت از ویلچر استفاده می‌کنین؟

آرشام: خیر بنده بیماری دارم و دائماً از ویلچر استفاده می‌کنم.

مرد کاغذ را خط باطل می‌کشد و رو به آرشام می‌کند.

مرد: متأسفم ما نمی‌تونیم شمارو استخدام کنیم. بفرمایید.

آرشام: اما ......

مرد: بحث نکنین آقا بفرمایین لطفاً، وقت منم نگیرین.

آرشام عصبانی بیرون می‌آید و به همراه آنوشا می‌روند.

آنوشا: آرشام..... آرشام صبرکن.

۲۳. داخلی. روز. شرکت مهندسی:

آرشام دراتاقی روبروی رئیس نشسته و درحال پرکردن فرم های اداری است.

آرشام: ببخشید، من به دلیل بیماریم دائماً از ویلچر استفاده می‌کنم اگه مشکلی...

رئیس: کار شما اینجا حسابداری وکار با یک سری نرم افزارای کامپیوتر یه مشکلی دارین باهاش؟

آرشام: من که نه...

رئیس: خوب پس تمومه.

فرم‌ها را از آرشام می‌گیرد و می‌خواند.

رئیس :   کامل پرنکردینش؟

فرم را به آرشام نشان می‌دهد.

رئیس: این قسمت رو تکمیل نکردین.

آرشام: هیچ کدوم ازگزینه هایی که درفرم هست شامل حالم نمی‌شه.

رئیس: یعنی چی؟

آرشام: من..... من زرتشتیم.

رئیس: (لحظاتی فکرمی‌کند) بسیارخوب..... شما تشریف ببرید، ما بهتون اطلاع می‌دیم.

آرشام: یعنی چی؟

رئیس: (بالبخند خاصی) اطلاع می‌دیم بفرمایید.

آرشام عصبی وکلافه بیرون می‌رود.

۲۴. خارجی. عصر. خیابان:

آنوشا ویلچر آرشام را هل می‌دهد و حرف می‌زند.

آنوشا: نگفتی چی شد؟

آرشام: هیچی.

آنوشا: خوب هیچی یعنی استخدامی؟

آرشام: یعنی همون مزخرفاتی که همه می‌گن همیشه اولش میگن فرم پرکنین آخرش ببخشید ما برای شرایط جسمانی شما کار نداریم، ببخشید خبر می‌دیم .... ا .... شما متفاوتی آخه مرتیکه...

آنوشا روی صندلی کنارخیابان می‌نشیند.

آنوشا: می‌شه بس کنی.

آرشام: من به همین راحتی جا نمی‌زنم.

آنوشا: واقعاً خسته شدم، الان چند روزه راه افتادیم از این خیابون به اون خیابون یا می‌گی حقوق کم می‌دن، یا می‌گی کارش مناسب نیست، با شرایط من کارندارن، نه تو کار بکنی نه اونا کار بده ولش کن دیگه.

آرشام: کسی ازت نخواسته بیای خسته شدی برو به شغل مهم خودت برس.

آنوشا: نیازکه داری بهم، نداری؟

آرشام: من خودم از عهده خودم می‌ام این تویی که عادت کردی از همه پرستاری کنی.

آنوشا: (سکوت) باشه.... خدافظ.

آنوشا می‌رود.

آرشام: (با خودش) مراقب خودت باش.

آرشام آدرس‌های دیگری که در روزنامه علامت گذاری کرده می‌خواند.

۲۵. خارجی. عصر. منزل سانیار حاتمی:

آنوشا منتظر مقابل درب منزل به ساعتش نگاه می‌کند و سوزان را می‌بیند که به سمتش می‌آید.

سوزان: خیلی پریشون و منتظری؟ نگران نباش سانی همیشه بدقوله.

آنوشا: (متعجب) شما؟ اینجا؟

سوزان: ببخشید که اینجا خونمه.

آنوشا: حالتون خوبه؟

سوزان: اگه پاتو از زندگیم بکشی بیرون خیلی بهتر می‌شه.

آنوشا: من پام تو زندگی کسی نیست.

سوزان: (عصبی) آره تو درست میگی، خبردارم قول و قرار بینتون صیغه است و پریدن با هم ولی یه چیزی روتا ابد تو ذهنت وگوشِت نگه دار اگه حساب کتاب زندگیت دودوتا چهارتاست، سنگینیِ وزنِ جیبت پولای سانیار وتضمین آیندت سهمِ من اززندگی، باید بگم متأسفم برات سانی نه ارادش ازخودشه نه مال و اموالش.... اون بدون من هیچه.

آنوشا: ذهن بیمارت متوهم‌تراز اونه که بشه صدای حقیقت رو تو دایره فکریت گنجوند، روحت خشمگین‌تر از اونه که بشه مرهم

زخمش شد، ولی یه چیزی رو بدون خانم محترم من شوهردارم و نیازی به نابودی زندگی شما ندارم.

سوزان: (دست می‌زند) شوخی بامزه‌ای بود، تحقیقی که موقع استخدامت کردم می‌گه مجردی، سانی می‌گه مجردی، اونی که ضامنت شد می‌گه مجردی

آنوشا شناسنامه را ازکیفش درمی‌آورد، روبروی سوزان می‌گیرد و او متعجب نگاه می‌کند.

آنوشا: بخونش.

سوزان فقط نگاه می‌کند.

آنوشا: (داد می‌زند) گفتم بخونش، بلند بخون.

سوزان: تاریخ عقد ۸ / ۸ ..... افغانستان.

آنوشا ماشین سایمان را می‌بیند، درحالی که شناسنامه را درکیفش می‌گذارد، به سمت ماشین می‌رود سوزان هم چنان متحیر است.

سوزان: (با صدای بلند) باور نمی‌کنم ... دروغه ..... سانی با اطمینان گفت قراره صیغه کنه.

آنوشا سوار ماشین می‌شود.

۲۶. داخلی. عصر. ماشین سایمان:

آنوشا تند و پشت سر هم با عصبانیت حرف می‌زند.

آنوشا: مرتیکه بی‌شعور فکرکرده کیه اونوقت می‌گه زنم دیوونه است. تو دیوونش کردی دیگه، خودت متوهم‌تری احمق، فکرکرده

حالا چون هیچی نمی‌گی چشمت چهارتا دونه ثروت و زرق و
برق زندگیشو گرفته.

سایمان بلند می‌خندد.

سایمان: باز دوباره آمپر سوزوندی به کدوم بیچاره‌ای بد و بیراه می‌گی؟
آنوشا: اون بی شعورِ احمق.
سایمان: کی؟
آنوشا: مرتیکه حاتمی، برگشته به زنش گفته قراره آنوشا رو صیغه
کنم.

سایمان ترمز شدیدی می‌گیرد.

آنوشا: یواش چه خبرته.

سایمان مسیر را عوض می‌کند و به سمت خانه سانیار رانندگی می‌کند.

آنوشا: کجا میری؟
سایمان: ساکت باش.
آنوشا: سایمان تورو خدا دوباره شر به پا نکن، اصلاً من غلط کردم
گفتم.

سایمان از ماشین پیاده شده به سمت سانیار که درب منزل است می‌رود.

آنوشا: سایمان چیکار می‌کنی؟

سایمان آجری را از مقابل درخانه برداشته و شیشه های ماشینی را که راسپینا هم
داخل آن است و از ترس جیغ می‌زند می‌شکند.

سانیار: چیکار می‌کنی عوضی؟

آنوشا: سایمان بیا بریم

سایمان عصبی است و شروع به دعوا می‌کند.

سایمان: مرتیکه عوضی فکرکردی این دختر بی کس وکاره.

سانیار: چرا چرت و پرت میگی.

سایمان: (کتک می‌زند) لیاقتت همین زندگیه.

سانیار سایمان را هل داده و او روی خرده شیشه ها می‌افتد ، صورتش زخمی شده و دستش می‌شکند.

آنوشا: (به سمتش می‌رود) سایمان؟

سایمان ناله می‌کند.

سانیار: (می‌نشیند) چی شد؟

سایمان: (با ناله) اینو از جلو چشم من دور کن.

آنوشا: بس کن دیگه.

سایمان: (داد می‌زند) اینو دورش کن ...آی.

آنوشا: برین آقای حاتمی، خواهش می‌کنم برین؛ من باهاتون تماس می‌گیرم.

سانیار: آخه.

آنوشا: (با فریاد) گفتم برین.

سانیار به همراه راسپینا به خانه می‌رود.

آنوشا: حالت خوبه.

سایمان بیهوش می‌شود، آنوشا با آمبولانس تماس می‌گیرد.

۲۷. داخلی. روز. بیمارستان:

سایمان درد شدیدی دارد و به روی خودش نمی‌آورد. آنوشا نگران است و دکتردر حال بیرون آوردن شیشه خرده‌ها از دستش است.

آنوشا: آقای دکترحالش خوب می‌شه؟

دکتر: زخماش خیلی عمیق نیست.

آنوشا نگاه غمگینی به سایمان می‌کند.

سایمان: فدای سرت (درد می‌کشد).

آنوشا: زنگ زدم مامانت تو راهه داره میاد.

سایمان: من ۲۵سالمه، بچه دوساله نیستم مامانمو خبر می‌کنی.

آنوشا: دوساله نیستی ولی مثل دو ساله ها دعوا راه می‌ندازی.

سایمان دردش شدیدتر می‌شود.

دکتر: خانم می‌شه اختلافاتونو بذارین یه وقت دیگه.

سایمان: برو بیرون الان می‌ام.

آنوشا: هستم.

سایمان: (اشاره می‌کند) گفتم برو بیرون.

آنوشا بیرون می‌رود و سایمان هم چشمانش را می‌بندد و سرش را به دیوار تکیه می‌دهد.

۲۸. خارجی. شب. حیاط بیمارستان:

آنوشا کنار ماشین منتظر است، سایمان می‌آید.

سایمان: بشین بریم.

آنوشا: مامانت تو راهه.

سایمان: اون نمی‌اد.

مادر از پشت سرش می‌رسد.

مادر: خیلی مطمئن حرف می‌زنی؟

سایمان: هیچوقت وقتی خواستمت نبودی.

مادر به صورت و دست سایمان نگاه می‌کند.

مادر: لاتی، بی سر و پایی، یا بی‌کس و کار؟

سایمان: اومدی همینا رو بگی، خوب گفتی به سلامت.

آنوشا: سایمان.

مادر: تو کی انقدر سرکش شدی؟ تا کی قراره زنجیر پاره کنی؟ منم بیام خراب کاری هات رو درست کنم.

آنوشا: خانم دکتر تقصیر من شد؟

مادر: همیشه تقصیرتوئه، ببین دخترکوچولو من نمی‌دونم توی اون فکر و ذهنت چی می‌گذره، نمی‌دونم چرا می‌خوای کمبودای زندگیتو با پسر من جبران کنی ولی یه چیزی رو آویزه گوشت کن تو یه وصله ناجوری وسط زندگی ما. تو مسیر زندگیت، راهت، گذشته‌ات باب میل ما نیست.

سایمان دستش را ماساژ می‌دهد.

سایمان: با اون درست صحبت کن.

آنوشا: من....

سایمان: (رو به مادرش) انتظار داشتی مرتیکه هر چی از دهنش در میاد بگه منم فقط نگاه کنم.

مادر: چیکارشی؟ پدرشی، برادرشی، شوهرشی‌ها؟

سایمان از شدت درد به خودش فشار می‌آورد.

سایمان: یه کلام می‌گم تمام، عقل دارم، اختیار دارم بلدم برای زندگیم تصمیم بگیرم، نیازی به هیچ مشاوریم ندارم.

مادر: (لحظاتی نگاه می‌کند) از امروز راه من و تو جداست.

سایمان: خیلی وقته جداست .

مادر می‌رود و آنوشا کلافه است.

آنوشا: بد باشه یا خوب مادرته، حق داره رو سرت، این طرز صحبت کردن این جواب دادن وقتی منِ غریبه اینجا وایستادم خردش می‌کنه، خارش می‌کنه، بچرخون این زبونو نه به تندی وکنایه به نرمی و آرامش.

سایمان: بشین بریم.

آنوشا بهم ریخته، سایمان سوار ماشین می‌شود و بعد از چند ثانیه بوق می‌زند، آنوشا عصبانی سوار ماشین می‌شود و می‌روند.

۲۹. داخلی. صبح روز بعد. منزل آرشام و آنوشا:
آنوشا با عجله وسایل داخل کیفش را چک می‌کند و صبحانه می‌خورد.

آرشام: (می‌خندد) همیشه مدرست دیر می‌شه.

آنوشا: خیلی خوب شما فعلاً بخند باشه.

آرشام برگه‌هایی را به او می‌دهد.

آرشام: می‌شه این برگه‌ها رو تو دانشگاهتون پخش کنی.

آنوشا برگه‌ها را می‌گیرد و می‌خواند.

آنوشا: چه جالب کلاس خصوصی کامپیوتر، نرم افزار، چرا تا حالا به فکر من نرسیده بود؟ (برگه‌ها را داخل کیفش می‌گذارد) کارهای نرم افزاری در منزل.

آرشام: چون همیشه من از تو باهوش تر بودم.

آنوشا: خیلی خوب حالا که اینجوریه فقط شاگرد آقا قبول می‌کنی من اصلاً دوست ندارم این دختر ژینگولا وقتی خونه نیستم بیان اینجا.

آرشام: (می‌خندد) إ ...حسودیت شد.

آنوشا: بالاخره این حرف آخرمه.

آرشام: حسود.

آنوشا با خنده می‌رود و آرشام زیرلب می‌خندد.

۳۰. داخلی. عصر. بیمارستان:

آنوشا نگران و مضطرب نشسته و دکتر برگه‌های آزمایش را نگاه می‌کند.

دکتر: من تا زمانی که مطمئن نباشم هیچ تجویزی نمی‌کنم چون باعث نگرانی بی‌جهته.

آنوشا: خوب یعنی باید چیکارکنیم؟

دکتر: چند تا عکس و آزمایش دیگه می‌نویسم ولی روز اولم گفتم بیماری به مرور تمام بدن رو درگیر می‌کنه، استرس، تغذیه نامناسب و هزارتا چیز دیگه روی تشدیدش تأثیرمثبت داره، خیلی بیش‌تر باید حواستون باشه.

آنوشا: حرفاتون خیلی نگران کننده است.

دکتر: متأسفم ولی مجبورم حقیقت رو بهتون بگم.

دکتر برگه نسخه را تحویل آنوشا می‌دهد.

دکتر: خدمت شما، انشاءالله که مسئله‌ای نیست.

آنوشا: ممنونم، خداحافظ.

دکتر: خدا نگهدارتون.

آنوشا بیرون می‌رود و دوباره به اتاق باز می‌گردد.

آنوشا: (نگران) آقای دکتر ببخشید مطمئن باشم هیچ اتفاقی نیفتاده.

دکتر: خانم بهتره تا زمانی که نتایج آزمایشات نیومده تصمیم نگیریم.

با تامل بیرون می‌رود.

۳۱. داخلی. عصر. منزل آرشام و آنوشا:

آرشام با تلفن همراه صحبت می‌کند و آنوشا وارد منزل می‌شود و به اتاقش می‌رود.

آرشام: درهرصورت بازهم با تمام این توضیحاتی که شما دادین من صلاح نمی‌دونم رفت وآمد مجددی وجود داشته باشه.

سکوت.

آرشام: خواهش می‌کنم ، مسئله‌ای نیست ولی شاید این راه بهترین راه باشه.

سکوت

آرشام: خواهش می‌کنم. خدانگه‌دارتون.

آنوشا پیش آرشام می‌آید .

آرشام: نرفتی سرکار؟

آنوشا: دیگه نمی‌رم.

آرشام: چرا؟!

آنوشا: حوصلشون رو ندارم. هرروز هر روز دعوا، هر روزهرروز داد و بیداد از پرستاری خسته شدم می‌خوام بگردم دنبال یه کار دیگه.

آرشام: آها... پس سایمان داغون شده برا خستگی جنابعالیه.

آنوشا: یه موضوعی رو می‌خوای کسی نفهمه به سایمان بگو.

آرشام: (دست از کارش می‌کشد) امروز اینجا بود، بدخورده.

آنوشا: همیشه زود عصبی می‌شه.

آرشام: همه چیز رو برام توضیح داد، رفتم شرکت حاتمی باهاش صحبت کردم الانم تلفن حاتمی بود ولی نمی‌دونم تو چرا منو احمق فرض می‌کنی ودروغ تحویلم میدی.

آرشام به سمت اتاق می‌رود و آنوشا مقابلش می‌نشیند.

آنوشا: ببخشید، من قصد دروغ گفتن نداشتم فقط خواستم اعصابت بهم نریزه اصلاً امروز آقای حاتمی زنگ زد معذرت خواهی اینا همش توهمات ذهنی خانمشه واقعاً خواستم ناراحت نشی (به آرشام زل می‌زند) ببخشید.

آرشام: (با سردی) مهم نیست، برو کنارخستم می‌خوام برم بخوابم.

آنوشا: هنوز ناراحتی؟

آرشام: نیستم.

آنوشا: چهرت میگه هستی؟

آرشام: (کلافه) نیستم.

آنوشا: چرا هستی؟

آرشام: گفتم دیگه برام اهمیتی نداره.

آرشام به اتاقش می‌رود و آنوشا کلافه است.

۳۲. داخلی. شب. منزل آرشام و آنوشا:

آرشام درحال جمع کردن چمدانش است، آنوشا به اتاق می‌آید وکتابش را بر می‌دارد.

آرشام: می‌خوام برم سفر.

آنوشا: کجا؟ چه یهویی؟

آرشام: هرجایی که یکم از این محیط و آدماش دور باشم، احتیاج به آرامش دارم.

آنوشا: می‌خوای منم بیام.

آرشام: می‌خوام هیچ کس نباشه.

آنوشا: کجا؟

آرشام: پیش یکی ازدوستام.

آنوشا: پس هیچ کس منم (درحال بیرون رفتن از اتاق) خوش بگذره.

آرشام: به سایمان سپردم مراقبت باشه.

آنوشا به اتاق برمی‌گردد.

آنوشا: مگه من بچم که برام پرستار بچه میزاری؟

آرشام: پرستار بچه چیه، فقط یه خرده حواسش جمع تره.

آنوشا: (پوزخند) جمع تره چی؟

آرشام: جمع تره دور و بر.

آنوشا: آها من مَنگم اون باید حواسش باشه.

آرشام دست از کار میکشد.

آرشام: منگ نیستی فقط یه خرده سر به هوایی خواستم خیالم راحت باشه.

آنوشا از اتاق بیرون میرود و آرشام به کارش ادامه میدهد.

۳۳. داخلی. روز. بیمارستان. اتاق دکتر:

آنوشا استرس دارد، دکتر جواب آزمایشها را میخواند.

۳۴. خارجی / داخلی. شب. خیابان. منزل آرشام و آنوشا:

آنوشا بدون اینکه متوجه اطرافش باشد تا منزل قدم میزند. به منزل که میرسد شروع به مرتب و تمیزکردن خانه میکند. چشمش به سطل زباله میافتد و مستأصل به فکر فرو میرود، کمد آرشام را میگردد، لباسها را بو میکند، وسایلی را داخل کوله میگذارد، لباسش را پوشیده و از منزل خارج میشود. درخیابان ها قدم میزند و سایمان درتمام مسیر پشت سرش است، صدایش میکند و او متوجه نمیشود.

سایمان: (بوق میزند) آنوشا... بیا بالا...

آنوشا متوجه نمیشود.

سایمان: (بوق می‌زند) آنوشا... بیا بالا ... آنوش، ای بابا.

با ماشین مقابل پای آنوشا می‌پیچد و او متوجه حضورش می‌شود.

سایمان: کجایی دختر؟ بیا بالا.

آنوشا با لحظاتی مکث سوار ماشین می‌شود.

۳۵. خارجی. شب. بام تهران:

آنوشا درحالی که از سرما می‌لرزد نشسته و به ماشین تکیه داده است، سایمان از داخل ماشین کاپشنش را می‌آورد و روی او می‌اندازد.

آنوشا: از کِی داشتی تعقیبم می‌کردی؟

سایمان: اومدم خونه یه سر بهت بزنم دیدم هراسون زدی بیرون نگرانت شدم.

آنوشا: آرشام گفته بود برام به پا گذاشته.

سایمان: چرا همیشه می‌چرخه این زبون به تندی وکنایه؟

آنوشا: کِی می‌خواین بفهمین اون دختربچه بزرگ شده و دست از سرم بردارین.

سایمان: کاش من یکی روداشتم که به اندازه آرشام دوستم داشت.

آنوشا: (به سایمان نگاه می‌کند) هرچیزی زیادیش دل آدمو می‌زنه.

چند لحظه فقط سکوت کرده و به یک دیگر نگاه می‌کنند.

۳۶. داخلی. شب. منزل سایمان:

آنوشاوسایمان‌وارد خانه می‌شوند،آنوشا بدون هیچ حرفی به اتاق رفته،سایمان‌هم به همراه کیف و جعبه های پیتزاکه دردستش است دنبالش به اتاق می رود و در را می بندد.

۳۷. داخلی. صبح روز بعد. منزل سایمان:

سایمان درحال چیدن میز صبحانه آنوشا را صدا می‌زند و جوابی نمی‌شنود، نگران به اتاق می‌رود و او را می‌بیند که بیهوش روی زمین افتاده.

سایمان: (سمتش می‌رود) آنوش....... آنوش جان.

تصویر قطع می‌شود.

۳۸. داخلی. روز. منزل سایمان (ادامه):

آنوشا روی کاناپه بیهوش است. سایمان نگران بالای سرش ایستاده، دکترِ خانمی هم درحال وصل کردن سرم و معاینه او است.

دکتر: مامانت نگفته بود عروس دار شده.
سایمان: از دوستای خانوادگیمونه نسبتی نداریم.
دکتر: آها (با کنایه) بعد این دوست خانوادگیتون دفترچه بیمه هم داره؟
سایمان: نه ...یعنی آره ... فکرنکنم چطور؟
دکتر: باید یه سری داروهای تقویتی بنویسم انگار به جز آب هیچی توبدن این دختر نیست خیلی ضعیف شده.
سایمان: من، حالش خوب می‌شه؟
دکتر: (باکنایه) توکه انقدر نگرانی چرا نبردیش بیمارستان؟

سایمان: (دست پاچه و با اضطراب) ترسیدم، نمی دونستم باید چیکار کنم. تنها چیزی بود که به ذهنم رسید.

دکتر: (سرش را تکان می‌دهد) کار من تمومه، به خونوادش خبر بده بعداً برات درد سرنشه.

در برگه ای دارو می‌نویسد و به سایمان می‌دهد.

دکتر: اینا یه تعداد تقویتیه براش نوشتم.

دکتر وسایلش را جمع می‌کند و می‌رود

سایمان: خیلی لطف کردین خانم دکتر مزاحمتون شدم.

دکتر: اگه کاری پیش اومد خبر بده، خدانگهدار.

سایمان: ممنون، خداحافظ.

سایمان بعد از همراهی دکتر به اتاق می‌رود، کوله آنوشا را می‌گردد، درمانده و پریشان روی تخت می‌نشیند.

۳۹. داخلی. روز. منزل سایمان:

سایمان روبروی آنوشا روی مبل نشسته، آنوشا بیدار می‌شود و سرم را ازدستش جدا می‌کند.

سایمان: تو چته؟

آنوشا: هیچی؟

سایمان: برا هیچی اینه حال وروزت، دکتر می‌گفت...

آنوشا: دکترا می‌خوان نسخه هاشون خالی نمونه.

کوله آنوشا را به سمتش می‌اندازد.

سایمان: خالیش کن.

آنوشا: چته که کارت شده سرکشی کوله من، شده گشتن زیر و بم زندگی من.

سایمان: (داد می‌زند) شعرنگو خالیش کن.

آنوشا کیف را روی میز خالی می‌کند.

سایمان: اینا چیه؟ این برگه آزمایش، این کاغذای سیگار، این بطری ها چیه؟

آنوشا سکوت می‌کند.

سایمان: (کلافه) حرف بزن دیگه لامصب... بگوچه مرگت شده که دم نمیزنی تا از دست دادنت رفتم، معجزه بود نشستی جلوم.

هر دو برای چند ثانیه سکوت می‌کنند.

آنوشا: (ناراحت) خسته تر از اونیم که جوابت فکرتو سرم باشه، گوشه گوشه خونه شده این آشغالا، این روزا سیگارشده اولین عطری که می‌شینه رو لباساش، هیچ کدوم از داروهاشو نبرده، همه پوست وخونش شده درد و درمونش از دستم خارجه.

سایمان: چاره‌اش حرف زدنه.

آنوشا: چاره‌اش عمله، درمونش عمله، حال خوبش عمله.

سایمان در حال صحبت کردن برای آنوشا آب می‌آورد.

سایمان: می‌رم آلمان مدارکشو ببرم؟

سایمان آب را به آنوشا می‌دهد و می‌خورد.

آنوشا: ترس داره، ترس زنده رفتن زیرتیغ جراحی و مرده برگشتن، ترس با امید رفتن و نا امید برگشتن.

سایمان: دست بردار ... هر روز این همه آدم عمل می‌کنند هیچ اتفاقی هم نمی‌فته.

آنوشا: بهانه‌های الکی.

سایمان: حرف می‌زنم باهاش رضایتش از من.

آنوشا: خستم (مکث) دیگه نمی‌دونم درست و غلط چیه.

سایمان: بیش‌تر از هرکسی رگ خوابشو دارم با من.

آنوشا: سایمان.

سایمان: جانم.

آنوشا: می‌تونی یه کار برام پیدا کنی؛ به پولش احتیاج دارم؛ ضامن و مدرک نخواد.

سایمان: می‌گردم برات.

آنوشا: می‌شه برسونیم.

وسایلش را جمع می‌کند و بلند می‌شود.

آنوشا: لطفاً.

سایمان کاپشن و سوئیچش را برداشته و با هم می‌روند.

۴۰. داخلی. ده روزبعد. منزل آرشام وآنوشا:

سوزان عصبی با آرشام صحبت می‌کند. آرشام کلافه است. آنوشا با ورود به خانه او را می‌بیند و متعجب می‌شود.

سوزان: چیه؟ انتظار نداشتی منو اینجا ببینی‌ها؟

آنوشا: اتفاقی افتاده؟

سوزان: من باید از تو بپرسم.

آرشام: (کلافه) خانم حاتمی من که با شما صحبت کردم.

سوزان مقابل آنوشا می‌ایستد و به چشمان او نگاه می‌کند.

سوزان: سانیار کجاست؟

آنوشا: (با تعجب) خیلی وقته مسیرم از مسیرخونتون دوره.

سوزان: ساعت پروازتون چنده؟

آرشام پیش آن‌ها می‌آید و داد می‌زند.

آرشام: دیگه خیلی دارین پا تونو از حد فراتر می‌زارین.

سوزان: تو ساکت؟

آنوشا: شماکه زنشی نمی‌دونی من چرا باید ساعت پرواز شوهرتو بدونم؟

سوزان: کاش می‌دونستم توی بچه غربتی چی داری که من ندارم.

آرشام: (عصبی) خانم یا همین الان می‌رین بیرون یا هر اتفاقی بیفته پای خودتونه بفرمایید، بفرمایید بیرون.

سوزان: تا ندونم اینا کِی می‌پرن.

آرشام: (داد می‌زند) گفتم بیرون.

آنوشا به سمت درخروجی می‌رود و در را باز می‌کند.

آنوشا: خانم بفرما برو بیرون.

سوزان سمت آنوشا می‌آید و روبروی او می‌ایستد.

سوزان: نرم چیکارمی‌کنی؟

آنوشا لحظاتی به او نگاه می‌کند.

آنوشا: چی از جون من می‌خوای؟

سوزان: زندگیمو.

آنوشا: (با پوزخند) تو یک آدم بی‌مسئولیتی که به جای اصلاح خودت فقط دنبال اینی مقصر پیدا کنی.

آرشام دستش درد می‌کند به روی خودش نمی‌آورد، آنوشا با عصبانیت دست سوزان را می‌کشد و به بیرون هل می‌دهد.

آنوشا: برو بیرون.

سوزان: من بالاخره می‌فهمم چی بین شماها می‌گذره، بترس از روزی که طبل رسواییت کوچه به کوچه بگرده.

سوزان از خانه خارج می‌شود، آنوشا به سمت آرشام می‌رود.

آنوشا: حالت خوبه؟

آرشام سرش را تکان می‌دهد.

آرشام: خوبم.

آنوشا: مطمئن.

آرشام: آره خوبم.

آنوشا نگران روی مبل می‌نشیند و آرشام دست خود را ماساژ می‌دهد.

۴۱. داخلی. شب. منزل آرشام و آنوشا:

آنوشا دراتاقش خواب پریشان می‌بیند، به خود می پیچد و ناله می کندوناگهان با نفس های بریده ازخواب می‌پرد.

۴۲. شب. منزل آرشام و آنوشا. (داخلی – خارجی):

آرشام و آنوشا و سایمان در اتاق نشیمن نشسته‌اند و چایی می‌خورند.

سایمان: آنوش برات کار پیدا کردم.

آنوشا: چی؟

سایمان: یکی ازدوستای آلمانیم بود اینجا درس می‌خونه.

آنوشا: خوب خوب.

سایمان: یه سری مقاله و پایان نامه و تحقیق می‌خواد درست کنه بلد نیست و تو رو معرفی کردم همه چیز و بهش یاد بدی، شمارتم دادم بهش ولی دستمزد توگذاشتم خودت باهاش صحبت کنی.

آنوشا: مطمئنه؟

سایمان: آره خیالت راحت.

تلفن همراه آنوشا زنگ می‌خورد.

آنوشا: من اینو جواب بدم می‌ام.

آنوشا به اتاق می‌رود.

سایمان: (رو به آرشام) بالاخره چیکار می‌کنی؟

آرشام: (آهسته) نه سایمان.

سایمان: مرده زنده می‌شه میون پنجه‌های طلای این مرد، چیه این دلهره بی خود و بی جهت... بندازش دور.

آرشام: بی خود و بی جهت نیست، مدیونم سرنگفتن گفته‌ها به آنوش، مبهمه گذشته و آینده این دختر، یه درصد احتمال بزار گوشه ذهنت به بی جون و حرکت شدن این جسم....

سایمان: بجای فلسفه بافی بگو گفتنی‌ها روکه آسوده باشه خیالت.

آرشام: نه، اون روزی که باید گفت و شنید امروز نیست.

سایمان: بس کن بابا، بی دلیل داری نه میاری وسط راه چاره‌مون، بهانه‌ات مردن نیست ترس ازگفتن تو وجودته

آنوشا میان صحبت آن ها می رسد.

آنوشا: ترس ازگفتن چی؟

آرشام: (دست‌پاچه) هیچی حرف مردونه و بی ربط به تو.

سایمان: همه ربطش اتفاقاً تویی و بس.

آرشام: سایمان.

سایمان: بذار یک بار برای همیشه ببندم این پرونده رو.

آنوشا: پچ پچا و درگوشی حرف زدنای امشبتون ترس می‌ندازه توجونم، چیه که باید بگی و نباید بدونم؟

سایمان: همه چی راجب گذشته است.

آنوشا: گذشته کی؟

آرشام: راستش تمام شنیده‌های که مغزت رو پرکرده بیش تر از یک دروغ نیست اینکه پدر و مادرت تو بمباران افغانستان کشته شدن، بابای من اومده مأموریت. به فرزندی قبول کردنت تو این خونواده، حتی اینکه اسم اون مرد و شوهر تو شناسنامه برا رسم و رسوماته.

آنوشا حالش دست خودش نیست و به آرشام نگاه می‌کند سایمان هم مضطرب وکلافه است.

سایمان: حالت خوبه آنوش؟

آرشام دستش را ماساژ می‌دهد.

آنوشا: تلخ تر نیست از این همه سال گیج و مبهم زندگی کردن.

سایمان: آنوشا جان ... عزیزمن.

آنوشا: می‌شه خفه شی.

سایمان اعصابش بهم می‌ریزد.

آرشام: باشه.... از این درد سنگین روی شونه هام می‌گم به شرطی که عقل و منطقت نریزه بهم

آنوشا سرش را به نشانه تایید تکان می‌دهد.

آرشام: پدر من.......

(فلش بک به گذشته)

۴۳. داخلی. شب. منزل اهورا:

خانه کاهگلی و قدیمی است، آرشام ۱۲ ساله است با چهره و بدنی مریض احوال روی ویلچر نشسته و تلویزیون تماشا می‌کند. صدای اهورا و همسرش (تهمینه) درحال دعوا از اتاق شنیده می‌شود.

اهورا: (با سر و وضع بهم ریخته گوشه ای از اتاق نشسته) میگی چیکارکنم؟

تهمینه: تو مثلاً مرد این خونه ای من بگم چیکارکنی؟

اهورا: پس اگه به حرف منه میگم نمی‌شه.

تهمینه: چرا نمی‌شه؟

صدای صحبت کردنِ زن ضعیف تر به گوش می‌رسد و پچ پچ کنان حرف می‌زنند، آرشام از میانه درِ نیمه باز به پدر و مادرش نگاه می‌کند، اهورا و زنش را از میان درب نیمه باز می‌بینیم.

اهورا: (قلیان می‌کشد) اون بچه ای که درموردش حرف میزنی بچه منم هست داشتم و درمانش نکردم.

تهمینه: (کلافه و نگران) اون بچه هرروز داره رنج می‌کشه از دردی که می‌پیچه توی وجودش، استخوناش شده یه بندِ باریک که هرلحظه ممکنه پودر بشه جلوی چشم جفتمون، این بود اون زندگی که قرار بود بشه سقف رویاهامون، به خودمون نگاه کن فقط شدیم چهارتا دست و پا که هر روز بیش تر میون سرابی که ساختی غرق می‌شیم، همه این خونه شده با تلاق اهورا عصبانی بلند می‌شود، مقابل زنش می‌ایستد و با داد و بیداد حرف می‌زند.

اهورا: فکرکردی من حالم خیلی خوبه که نمک رو زخمم می‌پاشی، من ازدرد و تنهایی پناه می‌ارم به این اتاق، برای اینکه نفهمم چه اتفاقی داره می‌فته برای اینکه نبینم بچم جلوی چشمام داره آب می‌شه و من کاری نمی‌کنم تو دیگه نزن این حرفو که می‌دونی بیشتر از هرکس دیگه‌ای وابسته آرشامم می‌دونی همه زندگی من اون پسره و می‌گی، می‌دونی من یه آدمیم که باخته و اینو میگی، چیکار می‌تونم بکنم، دست خودم نیست که هرچی می‌دوم کم‌تر می‌رسم، نگو تهمینه، توکه می‌دونی همه این چیزا و داری می‌بینی لحظه به لحظه خرد شدنمو نگو.

تهمینه: چرا چرت وپرت می‌گی من می‌گم هرچی بود تموم شد رفت، می‌گم بقیه شو بساز، می‌گم نزار بچه مونم تبدیل بشه به نداشته‌ها مون و حسرت هامون زندگی نامه برام تعریف می‌کنی

تهمینه شروع به جمع کردن وسایلش می‌کند.

اهورا: چیکار می‌کنی؟

تهمینه جواب نمی‌دهد.

اهورا: (چمدان را می‌گیرد) پرسیدم چیکار می‌کنی؟

تهمینه خودش را کنار می‌کشد.

تهمینه: به من دست نزن آشغال عوضی حالم ازت بهم می‌خوره.

اهورا: بدون اجازه من حق نداری جایی بری؟

تهمینه: به تو مربوط نیست من چیکار می‌کنم، زندگیه خودمه هر تصمیمی بخوام می‌گیرم.

اهورا سیلی محکمی به زنش می‌زند، آرشام از پشت در صحنه را می‌بیند و عصبی می‌شود.

اهورا: اینو زدم حالیت بشه که هنوز شوهر داری و زندگی خودم خودم نکنی.

تهمینه در سکوت به او نگاه می‌کند.

۴۴. داخلی. شب. منزل اهورا:

هوا گرگ و میش است و باران شدیدی می‌بارد، آرشام با برادر کوچک ترش که نوزاد است بازی می‌کند اهورا به همراه همسایه شان دوشنبه که یک دستش قطع است و با عصا لنگ لنگان راه می‌رود با عجله وارد خانه می‌شوند و دوشنبه مضطرب است.

اهورا: تهمینه، تهمینه جانم.

تهمینه مضطرب پیش آن ها می‌آید

تهمینه: چه خبره، چه اتفاقی افتاده؟

دوشنبه: (با گریه) خانم تو رو خدا به دادم برسین؟

اهورا: آروم باش دوشنبه جان.

دوشنبه: بچم، بچم، کمکم کنین.

تهمینه: بچه ات چی شده؟ یکی تون درست حرف بزنه ببینم چی شده، مُردَم از دلشوره و نگرانی.

دوشنبه: (می لرزد) بچم سه روزه هیچی نخورده، ازگریه و گشنگی هلاک شد شیر نمی‌خوره، حتی شیرخشکم نمی‌خوره، بدبخت شدم خانم (زمین می‌نشیند) یک ساعت داره می‌لرزه و فقط گریه می‌کنه. نمی‌دونم چی شده؟ بچم داره از دستم میره.

اهورا دوشنبه را آرام می‌کند

اهورا: خیلی خوب آروم باش، آروم باش یه فکری با هم می‌کنیم.

تهمینه: برین خانمت و بچه رو بیارین اینجا.

تهمینه و اهورا به هم دیگر نگاه می‌کنند.

اهورا: بریم بیاریمش خونه ما.

تهمینه: چرا وایستادین نگاه می‌کنین زود باشین دیگه عجله کنین.

دوشنبه و اهورا با عجله می‌روند.

۴۵. داخلی. روز. منزل اهورا. هشت ماه بعد:

تهمینه دراتاق مشغول خواباندن دختردوشنبه (آنوشا) است، اهورا به اتاق می‌آید.

اهورا: خوابید؟

تهمینه: آره، به نظرم اگه یه مدتی پیش ما بمونه بهتره، پدر و مادرش اصلاً شرایط مناسبی برای نگهداریش ندارن.

اهورا: دارن برای همیشه میرن.

تهمینه: چی؟

اهورا: یه نفر رو پیدا کردن قراره از مرز ردشون کنه، قول داده براشون پناهندگی یک کشور دیگه رو بگیره.

تهمینه: قاچاقی؟

اهورا: معلومه، اینا نه شناسنامه دارن نه پاسپورت، با پاسپورت افغانستانم نه پول رفتن دارن نه شرایطشو.

تهمینه: از آینده این بچه می‌ترسم.

اهورا: دارن میرن آینده همین بچه رو بسازن.

تهمینه: راه درستی نیست.

اهورا با تأمل به تهمینه نگاه می‌کند.

۴۶. داخلی. شب. منزل اهورا:

اهورا روی مبل نشسته فکر می‌کند، تهمینه می‌آید وکنارش می‌نشیند.

تهمینه: اهورا جان.

اهورا: بله.

تهمینه: امشب دارن میرن.

اهورا: کی؟

تهمینه: آقا دوشنبه اینا، میشه یه خواهشی ازت بکنم.

اهورا: چی؟

تهمینه: میشه ما ببریمشون.

اهورا: اصلاً حرفشم نزن.

تهمینه: آخه.

اهورا: لب مرزه، قاچاقه، اگه چشممون بیفته تو چشم مأمورا و اسیر بشیم نابود میشه همه دوییدنای این روزامون، ما به اندازه سهممون کمک کردیم و بس، نمیخوام دوباره بعد این همه رفتن و نرسیدن کیلومتر شمار زندگیم بیفته روی صفر و همه چیز بشه مثل روز اول.

تهمینه: غریبن بزار بعد این همه سال شب آخر خاطره خوش براشون بمونه.

اهورا: نمیشه، میترسم از عاقبتش.

تهمینه: خواهش کردم، شاید این تنها چیزی باشه که برای همیشه ازت میخوام.

اهورا سکوت کرده و چیزی نمیگوید.

۴۷. داخلی. شب. ماشین اهورا:

اهورا و خانوادهاش به همراه خانواده دوشنبه در ماشین نشستهاند و در جادهای خلوت و تاریک اهورا رانندگی میکند.

دوشنبه: ما تو این مدت جز زحمت برا شما چیزی نداشتیم زندگیتونو خیلی بهم ریختیم حلالمون کنین.

اهورا: هرجا هستین سلامت باشین.

تاریکی و سیاهی همه جاده را گرفته، باران شدیدی می‌بارد و طوفان هم چنان ادامه دارد، به طورناگهانی از یکی از کوه‌ها سنگ ریزش می‌کند، اهورا سعی در کنترل ماشین دارد، همه مضطرب‌اند و با ترس و لرزجیغ و فریاد می‌زنند، اهورا تعادلش را از دست می‌دهد، ترمز ماشین از کار می‌افتد و به دره پرتاب شده و ماشین واژگون می‌شود.

/ فلاش بک به زمان حال /

۴۸. داخلی. شب. منزل آرشام و آنوشا:

آرشام: همش همین بود.

آنوشا تپش قلب می‌گیرد و نفس می‌زند

سایمان: حالت خوبه؟

آنوشا: یه چیزی وسط این داستان کمه، کی زنده موند؟

آرشام: من، مامان و بابام، تو.

آنوشا: (باحسرت) وای..... وای خدای من برادرت... وای.

آرشام: حالت خوبه؟

آنوشا سکوت می‌کند.

سایمان: حالت خوبه؟ برا امشب کافیه بزاریم برای فردا.

آنوشا: (عصبی) کسی ازت نظرخواهی نکردکه نظرمیدی.... اصلاً تو وسط زندگی ما چه غلطی می‌کنی؟

سایمان عصبی و با خشم به آنوشا نگاه می‌کند.

آنوشا :   هنوزم یه چیزایی رو نمی‌فهمم، زندگی من بعد اون تصادف، ازدواجم چرا بریده بریده و پنهونی حرف می‌زنی؟

آرشام: (دستش را ماساژ می‌دهد) بعد اون تصادف عموت سرپرستی تو رو قبول‌کرد، مامان من روز به روزحالش بدتر می‌شد، افسردگیش خیلی شدیدتر شده بود، ازعهده نگهداریت نمی‌اومد، مامان من عاشقانه دوسِت داشت ولی اجبارحکم می‌کرد تو رو بسپره به خانوادت.

آنوشا: ازدواج من تو نه سالگی برای رسم و رسومات نبوده نه؟ توگذشته من مردی هست که شوهرمه، شوهری که یه روزی از درخونه میره بیرونو هیچ وقت برنمی‌گرده، من با خانواده عموم زندگی می‌کردم الان اینجا؟ تمام این سالا هر وقتی که خواستم بدونم از گذشته و همه اتفاقاتی که توی بچگیم پیچیده میون تار و پود روزام تهش شد مُهر سکوتی که کس و ناکس چسبوند روی این زبون مبادا چیزی لو بره... ولی.... ولی بالاخره الان.... الان نه ده سال دیگه باید یه جایی این قصه پنهون سرباز کنه.... حقمه بدونم گذشته چی بوده که رسوندتم اینجا.

آرشام: عموت می‌خواست برگرده افغانستان، اونجا جنگ بود و درگیری، نمی‌خواست امنیت اینجا رو ازت بگیره و بری وسط یه سرزمین پراز وحشی‌گری وخون‌ریزی، تنها کسی هم که

بهش اعتماد داشت بابای من بود. مطمئن بود پیش ما در امانی، مامان من توی وجودِ تو جسم بچه مرده شو می‌دید و هر روز حالش بهتر می‌شد.

آرشام دستش درد شدیدی می‌گیرد.

آرشام: اون اسم....

آنوشا: اون اسم........

سایمان با عصبانیت داد می‌زند.

سایمان: وقتی قراره تهش بگی و بدونه چرا انقدرمعطل می‌کنی؟

آرشام: تو دخالت نکن.

آنوشا نگاهی به سایمان و آرشام می‌اندازد.

سایمان: (رو به آنوشا) ها چیه؟ نگاه می‌کنی؟

آنوشا: چتونه امشب که نقشه گم نکرده می‌پیچین جاده فرعی.

آرشام حالش بدتر می‌شود و به نفس زدن می‌افتد.

سایمان: می‌خوای بدونی اصل ماجرا چیه باشه، اصل ماجرا اینه که جنابعالی یه آدم پر درد سری هم خودت هم خونوادت. عموی جنابعالی یه آدم مست بوده و یه روزی که تا خرخره تو منجلاب گیرکرده سرجنابعالی قمار می‌کنه و تو رو تو شرط بندی می‌بازه و اون آدم تو شناسنامه هم همون طرف معامله است.

آنوشا خیره مانده و فقط نگاه می‌کند.

سایمان : هیچ وقت هیچ کس نفهمید اون شبی که عموت تو رو سپرد دست این خونواده چی بین اون و آقای صابری خدا بیامرز رد و بدل شد. هیچ وقت هیچ کس نفهمید اون مرد کجا رفت وچه بلایی سرش اومد. اینوگفتم بدونی جزدردسر برای این خونواده چیزی نداشتی و انقدر ادای قربانی‌ها رو در نیاری.

آرشام دستش درد شدیدی گرفته و ناله می‌کند.

آرشام: ساکت باش لعنتی.... ساکت باش.

آرشام شروع به ناله می‌کند. آنوشا بعد از لحظاتی به خودش می‌آید و از آشپزخانه آمپول آرشام را می‌آورد دستانش می‌لرزد و مضطرب است، هر چه تلاش می‌کند نمی‌تواند آمپول را تزریق کند. سایمان آمپول را از دستش می‌گیرد و تزریق را انجام می‌دهد. آنوشا به اتاقش رفته و کوله‌اش را بر می‌دارد و از خانه بیرون می‌رود.

آرشام: برو دنبالش..... برو.

۴۹. خارجی. شب. منزل آرشام وآنوشا:
سایمان درکوچه کلافه دنبال آنوشا می‌گردد و اثری از او نمی‌بیند.

۵۰. داخلی. شب. ماشین سایمان:

سایمان درحال رانندگی با تلفن همراه آنوشا تماس می‌گیرد و جواب نمی‌دهد. آرشام تب و لرز دارد و صورتش عرق کرده، از درد شدید دستش عصبی است.

آرشام: نباید می‌دونست، این راز باید ابدی می‌شد.

آرشام شماره آنوشا را می‌گیرد خاموش است، تلفن همراهش را پرت می‌کند.

آرشام: نباید می‌دونست، تند حرف می‌زنی پسر ، وقت و بی وقت این زبونو می‌چرخونی اون سمتی که باید سکوت کنه و بیراهه نره.

سایمان: خیلی خوب آروم باش پیداش می‌کنیم اگه شده شب رو تو خیابون به صبح برسونم پیداش می‌کنم.

آرشام: اون جایی نداره بره (می‌لرزد) کارمون اشتباه بود، حتما الان یه گوشه خیابون آواره است. اشتباه کردیم ... اشتباه.

بعد از کمی سکوت آرشام دائماً با آنوشا تماس می‌گیرد جواب نمی‌دهد.

۵۱. داخلی. صبح. ۳ روز بعد. منزل آرشام و آنوشا:

سایمان روی مبل خوابیده و با سر و صدای آرشام که درآشپزخانه میز صبحانه را می‌چیند بیدار می‌شود و به آشپزخانه می‌رود.

سایمان: (پشت میز می‌نشیند) سلام.

آرشام: (صبحانه می‌خورد) سلام ..... چایی بریزم برات؟

سایمان: (در حال تماس با آنوشا) گوشیش روشنه ولی جواب نمی‌ده.

آرشام: دیشب پیام داد حالش خوبه.

سایمان: خوب؟

آرشام چایی می‌خورد.

آرشام: خوب که خوب.

سایمان: همین.

آرشام: چیز دیگه‌ای قرار بود بگه.

سایمان: یکی به در یکی به دیوار نزن آرشام، من که می‌دونم شما دو تا بدون هم دووم نمیارین فقط باز دوباره افتادین رو دنده لجبازی.

آرشام: (پوزخند می‌زند) ااا...... روانشناسم شدی .... آفرین آقای دکتر.

سایمان: دیشب میون صحبت‌هاتون، میون بهم پریدناتون که عادی شده برام میون پیام‌هایی که فرستاد و فرستادی چی گذشته که انقدر سخت شدی؟

آرشام: تو مگه زندگی نداری که کارت شده سرک کشیدن بین گفته و نگفته ما سایمان بلند می‌شود و بیرون می‌رود.

سایمان: می‌دونم چیکار کنم

آرشام با صدای بلند حرف می‌زند.

آرشام: کار احمقانه‌ای نکن ، بچسب به زندگی خودت.

۵۲. داخلی. روز. شرکت سانیار:

آنوشا دراتاقی منتظر سانیار است که می‌آید.

سانیار: ببخشید خانم وثوق معطل شدین .

آنوشا: مسئله‌ای نیست، امری داشتین با من؟

سانیار: حقیقتش من یه عذرخواهی به شما بدهکارم بابت اون روزدرگیری با نامزدتون.

آنوشا: نامزدم؟

سانیار: آقا سایمان.

آنوشا با خودش زیر لب حرف می‌زند.

آنوشا: باز رو هوا یه چیزی پرونده.

سانیار: بله؟

آنوشا: هیچی، اگه فقط بابت همین قضیه به من گفتین بیام فراموشش کنین. سایمان وقتی عصبی می‌شه نمی‌فهمه چیکار می‌کنه من نباید بهش یه صحبت هایی رو می‌گفتم، مقصر اصلی خودم بودم.

سانیار: عذرخواهی بهانه است؛ برای مطلب دیگه‌ای خواستم تشریف بیارید.

آنوشا: پس اگه ممکنه لطفاً زودتر بفرمایید من خیلی وقت ندارم.

سانیار: ما خروجمون ازکشور به تعویق افتاده؛ راسپینا حالش خوب نیست خیلی فشار روحی که روشه ولی الان بستریه؛ باید پیوند کلیه بشه و اصلاً اوضاع خوبی نداره.

آنوشا سکوت می‌کند.

آنوشا: متاسفم؛ نمی‌دونم چی باید بگم.

سانیا: حالش اصلاً خوب نیست (ناراحت) خیلی بهانه‌گیر شده، داروهاشو نمی‌خوره، لب به غذا نمی‌زنه، بدنش خیلی ضعیفه، تواین مدت ۱۵ تا پرستار گرفتم با هیچ کدوم کنار نیومد.

آنوشا: چه کاری از دست من برمیاد؟

سانیار: می‌خوام برگردین سرکارتون.

آنوشا سکوت می‌کند.

آنوشا: واقعیت رو اگه بخواین آقای حاتمی من به راسپینا خیلی وابسته‌ام اما با این جریانا که پیش اومده با شرایط خانمتون صلاح نمی‌دونم، دوست ندارم یه دردسر جدید درست بشه، من به اندازه کافی تو زندگیم دردسر دارم.

سانیار: هرتضمینی بخواین می‌کنم که هیچ اتفاقی نیفته.

آنوشا: متاسفم ولی...

سانیار: راسپینا به شما احتیاج داره.

سکوت

آنوشا: نمی‌خوام مجبور بشم خلاف میل باطنیم عمل کنم.

سانیار: شما تنها کسی هستین که می‌تونین کمک کنین.

آنوشا: (سکوت) باید فکرکنم؛ اگه تصمیمم به اومدن بود فردا میام بیمارستان.

سانیار: (آه می‌کشد) هرجور راحتین ولی امیدوارم جوابتون مثبت باشه.

آنوشا سکوت می‌کند .

آنوشا: امر دیگه‌ای با من ندارین؟

سانیار: ممنونم که اومدین لطف بزرگی کردین.

آنوشا: (بلند می‌شود) خواهش می‌کنم فعلاً خدافظ.

سانیار: (می‌ایستد) خدانگهدارتون.

آنوشا بیرون می‌رود.

۵۳. داخلی. روز. منزل ویلیام:

آنوشا و ویلیام درحال کار روی پروژه دانشگاه هستند، میان صحبت هایشان موسیقی ملایمی شنیده می‌شود.

۵۴. داخلی. روز. کافی شاپ:

درحال قهوه خوردن آنوشا سایمان می‌آید و روبرویش می‌نشیند.

سایمان: سلام.

جوابی نمی‌شنود.

سایمان: باید باهات حرف بزنم.

آنوشا: (عصبی) این چرندیات چیه رفتی به حاتمی گفتی؟

سایمان: چی گفتم؟

آنوشا: من نامزد توام که هرجا می‌رسی دهنتو باز می‌کنی میگی نامزدم، چرا اسم خودتو رو من می‌زاری؟

سایمان: زنگ زد می‌خواست ببینتم، بابت عذرخواهی، وقتی رفتم گفت چیکارشی؟ یه چیزی گفتم، می‌گفتم توخیابون دیدم دعوا راه انداختم.

آنوشا: نخیر می‌گفتی یه آدم آویزونم توی زندگی دیگران که کارم شده سرک کشیدن بین گذشته و آیندشون.

آنوشا می‌رود و سایمان هم کلافه پولی روی میز می‌گذارد و به دنبال آنوشا از کافی شاپ خارج می‌شود.

سایمان: (زیرلب) لجباز.

۵۵. خارجی. روز. خیابان:

آنوشا در پیاده رو است و سایمان هم دنبالش است.

سایمان: آنوشا صبرکن.... آنوش.

سایمان با سختی متقاعدش می‌کند که بایستد.

آنوشا: ولم کن، دست از سرم بردار می‌فهمی، دست ازسرم بردار.

سایمان: باید باهات حرف بزنم.

آنوشا: حرفی باهات ندارم.

سایمان: من دارم.

آنوشا: بفرما.

سایمان :   اینجا وسط خیابون میون این همه ماشین.

آنوشا در سکوت فکر می‌کند.

آنوشا: همه گفته‌ها و نگفته هاتو، جز به جز کلمه‌هایی که میون ذهن و دلتگیر کرده یک بار برای همیشه سوار اون زبونت می‌کنی و تمام.

آنوشا بدون هیچ حرفی سمت پارک روبروی خیابان می‌رود و سایمان هم بعد از کمی نگاه به او پشت سرش می‌رود.

۵۶. خارجی. روز. پارک:

هردو لیوانِ آب میوه به دست بدون این که حرفی میانشان رد و بدل شود روی نیمکت نشسته‌اند، صدای ذهنشان را می‌شنویم که با خود سخن می‌گویند.

آنوشا: می‌دونم آرشام فرستادتت.

سایمان: دل نگران آرشامی و داری با خودت لج می‌کنی.

آنوشا: چرا پس حرف نمی‌زنی، دلم لک زده بشینم ساعت‌ها به حرفات گوش بدم.

سایمان: چی شد همه چی بهم ریخت، چرا ما اینجوری شدیم.

سایمان شروع به صحبت با آنوشا می‌کند.

سایمان: برنمی‌گردی خونت؟

آنوشا: (پوزخند) خونه؟

سایمان: آرشام به روی خودش نمی‌آره ولی نگرانته. شما دوتا بدون هم دووم نمیارین.

آنوشا: تو باورم نگران کسی بودن که خونوادتو از هم می‌پاشه نمی‌گنجه.

سایمان: دست بردار از این افکار مسخره‌ات.

آنوشا: پدر و مادرم منو به دنیا آوردن به خاطر یک برگه مجوز؛ پدرو مادرآرشام به سرپرستی گرفتنم چون روح بچه مرده شونو توی جسمم می‌دیدن و کم می‌شد از این عذابی که یه عمرطناب وجدان رو انداخته بود گردنشون عمویی که خونِش میون رگ‌هام جا خوش کرده شرط می‌بنده پای جونم برای پول؛ آرشام همه این سال ها پنهون کاری می‌شه عادت روزمرگی‌هاش به خاطر ترس از تنهایی و نیازِ خودش، بازم علاقه داری حقیقت زندگی من رو بدونی؟

سایمان: تا کی می‌خوای بارگذشته رو به دوش بکشی، یه جاهایی باید ذهنتو پاک کنی و همه چیز رو ازاول شروع کنی.

آنوشا: گذشته من شده بخشی از وجودم، یه گذشته‌ای که هنوزم برام مبهمه هنوزم نمی‌دونم چرا این همه سال کسی سراغم رونگرفت؛ هنوزم نمی‌دونم با یک اسمی که هویتش نا معلومه تو شناسنامم چیکارکنم؛ من کی هستم؟

سایمان: آرشام کجای این زندگیه؟

آنوشا سکوت می‌کند و هیچ جوابی نمی‌دهد.

سایمان: خیلی عوض شدی، نمی‌شناسمت. از وقتی که آرشام رو دیدم همیشه رو پای خودش بوده، اگه کل دنیا هم که نباشن آرشام باشه و تنهایی خودش نمی‌بُره، نمی‌بازه، ولی .... ولی بدون

تو روحش ناقصه بدون تو زندگیش نا بوده، عشق چیزی نیست که به همین راحتی بشه ازش گذشت، این همه سال زندگیتونو کنارهم ساختن.....

آنوشا: این روزا مجبور نیستم سه شیفت کارکنم برای خرج زندگی، دیگه شبا کابوس آمپول و قرصای لعنتی رو نمی‌بینم، دیگه روزا استرس بدخلقی‌های آرشام و ندارم، مجبورنیستم به آدمای دور و بَرَم ثابت کنم منم هستم، منم به اندازه همه اونا از این زمین و زندگی سهم دارم، این روزا دارم خودمو پیدا می‌کنم گاهی وقتا سکوت و تنهایی خیلی قشنگ تر از بودن کنار آدماییه که....

آنوشا بلند می‌شود و قبل از رفتن با کمی تأمل و مکث درحالی که به چهره سایمان نگاه نمی‌کند می‌گوید.

آنوشا: به آرشام بگو شاید یه روزی دوباره میون روزمرگی‌هامون جایی بود که چشم‌هامون نگاه متصل به هم داشته باشه ولی منتظرم نمونه، بهش بگو (سکوت) بگو..... یادم تو را فراموش.

آنوشا می‌رود و صدایش هم چنان در ذهن سایمان می‌پیچد.

صدای آنوشا: بگو..... یادم تو را فراموش.

۵۷. داخلی. عصر. بیمارستان:

راسپینا خواب است، سانیار و آنوشا در اتاق درحال صحبت کردن هستند.

سانیار: بعد اومدن شما بهونه گیریاش کم‌تر شده.

سوزان وارد اتاق می‌شود.

سوزان:	بهونه‌گیری‌های اون یا تو؟
سانیار:	نگفتم نمی‌خوام ببینمت.
سوزان:	برای دیدن تو نیومدم، اومدم پیش دخترم.
سانیار:	(پوزخند می‌زند) دخترت؟ حالاشد دخترت؟
آنوشا:	می‌شه دعواهاتونو بزارین بیرون از اینجا.
سوزان:	شما کی باشی که به من دستور میدی چیکارکنم چیکارنکنم؟

راسپینا با ترس بیدار می‌شود و بهانه گیری می‌کند.

سانیار:	درست صحبت کن.
سوزان:	کاش می‌فهمیدم این دخترکه معلوم نیست اصلاً سرزمینش کجاست یه آدمی که حتی خودشم نمی‌دونه، چه برتری داره که اونو به من ترجیح میدی؟

آنوشا سعی می‌کند راسپینا را که در حال گریه کردن است آرام کند.

آنوشا:	بهتره خودتون احترامتون رو حفظ کنین.

سوزان مقابل آنوشا می‌ایستد.

سوزان:	زندگی مو بهم ریختی، شوهر مو ازم گرفتی، یه کاری کردی بچم دوستم نداشته باشه دیگه چی می‌خوای از این زندگی از هم پاشیده؟
آنوشا:	متاسفم.

آنوشا می‌رود، سانیارهم به دنبالش رفته، راسپینا گریه می‌کند و تلاش سوزان برای آرام کردنش بی‌نتیجه می‌ماند.

۵۸. خارجی. روز. صبح. پارک:

ویلیام: گفتم بیاین اینجا چون حرف دارم باهاتون.

آنوشا: نمی‌شد بمونه بعداً؟

ویلیام: نه ، باید زودتر می‌گفتم.

آنوشا: خوب بفرمایید.

ویلیام شروع به صحبت می‌کند.

۵۹. داخلی. روز. عصر. منزل آرشام و آنوشا:

آرشام درحالی که روی زمین افتاده نفس می‌زند و دائماً سرفه می‌کند، با سختی خودش را به سمت تلفن همراهش می‌کشاند و شماره‌ای را می‌گیرد.

۶۰. داخلی. روز. هتل:

آنوشا با زنگ تلفن از خواب بیدار می‌شود و خواب آلوده تلفن را جواب می‌دهد.

آنوشا: بله ..... الو (چشمانش را می‌مالد) چی شده ... چی (سریع شروع به آماده شدن می‌کند) خیلی خوب آروم باش.... آروم باش الان خودمو می‌رسونم

کوله اش را برمی‌دارد و می‌رود.

۶۱. داخلی. روز. عصر. منزل آرشام و آنوشا:

درحالی که آرشام روی کاناپه درازکشیده با تب شدید هذیان می‌گوید، آنوشا آمپولش را تزریق می‌کند.

آرشام: آنوش.

آنوشا: جانم عزیزم جانم.

آرشام: تمام بدنم می‌سوزه. (ناله می‌کند)

آنوشا: چیزی نیست داداش، چیزی نیست عزیزم آمپولت اثرکنه خوب می‌شه.

آنوشا بلند می‌شود.

آرشام: می‌خوای بری؟

آنوشا کنار آرشام روی کاناپه می‌نشیند.

آنوشا: من اینجام آرشام جان فقط میرم آشپزخونه آب بیارم باشه.

(سکوت)

آنوشا: باشه؟

آرشام چشمانش را می‌بندد و متوجه حرف‌های او نمی‌شود، آنوشا مضطرب و پریشان سرش را میان دودست می‌گذارد و با خودش زیرلب حرف می‌زند.

آنوشا: خدایا این تب لعنتی چی بود دیگه؟

قطع تصویر

۶۲. داخلی. صبح روز بعد. منزل آرشام و آنوشا (ادامه):

آرشام روی کاناپه خوابیده و پارچه خیسی روی پیشانی‌اش است. ظرف آبی که دست آنوشا درآن فرورفته روی زمین کنارکاناپه است وآنوشا خوابش برده. با زنگ تلفن همراه آرشام بیدار می‌شود و شماره را نگاه می‌کند جواب می‌دهد.

آنوشا: الو سایمان.......

قطع تصویر

۶۳. داخلی. صبح. بیمارستان. ماشین سایمان (ادامه):
آنوشا داخل ماشین خواب است و سایمان سوار ماشین شده و بیدارش می‌کند.

سایمان: ببخشید بیدارت کردم؟

آنوشا: (خواب آلود) چی شد؟

سایمان: هنوز بیهوشه بهش آرام بخش زدن.

آنوشا: دکترچیزی نگفت؟

سایمان: نیم ساعت دیگه میاد می‌خوای تو رو ببرم خونه استراحت کنی؟ من هستم.

آنوشا: نه خوبم می‌مونم.

بعد از سکوتی طولانی.

آنوشا: شب ترسناکی بود.

سایمان: اولین بارت نیست این روزا رو می‌بینی.

آنوشا: این دفعه.

سایمان: همیشه همینه الکی خودتو نباز.

آنوشا: تبش شدید بود؛ تمام بدنش داغ بود؛ انقدرتا صبح پرت و پلا گفت؛ هذیون‌گفت؛ هی شعرخوند؛ هی شعرخوند؛ لالایی های مادرشوخوند؛ نصفه شب بیدارشده، حرف می‌زنه، می‌گم با کی حرف می‌زنی می‌گه بابام.

سایمان: باید دیشب بهم زنگ می‌زدی.

آنوشا: اصلاً مغزم کارنمی‌کرد، دست پاچه بودم، نمی‌دونستم درست و غلط چیه.

(سکوت) می‌شه ببینمش؟

سایمان: بهوش که اومد آره.

آنوشا از ماشین پیاده شده قدم می‌زند.

۶۴. داخلی. صبح. بیمارستان:

آرشام بیهوش است، آنوشا و سایمان کنارتخش ایستاده‌اند و به او نگاه می‌کنند.

سایمان: یه روزی صبح می‌شه این شب.

آنوشا: (لبخندی می‌زند) یه روزی.

تلفن همراه آنوشا زنگ می‌خورد، از اتاق بیرون می‌رود و جواب می‌دهد.

آنوشا: سلام.

ویلیام: سلام چی شد؟

آنوشا: هیچی برادرم حالش خوب نیست بیمارستانیم نشد باهاش صحبت کنم.

ویلیام: متأسفم ولی منم تحت فشارم باید زودترخبر شمارو بگیرم.

آنوشا: آخه من همین طور بدون مقدمه نمی‌تونم بگم فکرمی‌کنم شاید بهتر این باشه شما بیاین مسأله رو یه جوردیگه مطرح کنین و من اون قضیه رو بین حرفا لاپوشونی کنم.

ویلیام: متوجه حرفاتون نمی‌شم.

سایمان پیش آنوشا می‌آید.

آنوشا: الان نمی‌تونم صحبت کنم باهاتون تماس می‌گیرم. (قطع می‌کند)

سایمان: کی بود؟

آنوشا: (دست پاچه) ها ..... چیزه ..... این ...... آقای حاتمی بود.

سایمان: (متعجب) رنگ و روت پریده؟

آنوشا: (دست پاچه) آره خوبم خوبم کاری داشتی؟

سایمان: دکترآرشام اومده می‌خواد ببینتت.

آنوشا: خیلی خوب بریم.

با هم به اتاق دکتر می‌روند.

۶۵. داخلی. ظهر. منزل آرشام و آنوشا:

آنوشا درآشپزخانه ظرف می‌شورد، سایمان در فکر است.

سایمان: شنیدی که دکترچی گفت؟

آنوشا: آره شنیدم

سایمان: خوب.

آنوشا: خوب چی؟

سایمان: دکترگفت یه دوره انتقال عاطفی رو طی می‌کنه دلیل حال بدشم همین بوده خوب این یعنی چی؟

آنوشا: یعنی چی؟

سایمان پیش آنوشا می‌رود و شیرآب را می‌بندد.

آنوشا: چته؟

سایمان: یکی به چپ یکی به راست نزن. می‌دونی منظورم چیه؟

آنوشا: اصلاً حوصله یه دردسرتازه رو ندارم.

سایمان: تو باید برگردی خونه، اینجا خونته، وقتی آرشام به این روز افتاده، وقتی تو نصفه شب خودتو می‌رسونی، وقتی فقط زمانی که کنارهمین می‌شه آرامش رو توی چشماتون دید، این یعنی بدون هم نمی‌تونین کم میارین.

آنوشا دستش را خشک می‌کند و پشت میز می‌نشیند.

آنوشا: سایمان من دیگه نمی‌کشم. دکترگفت روز به روز بدتر می‌شه، لج می‌کنه نه به حرف دکترگوش میده نه درمانشو ادامه میده. این لجبازی‌ها می‌شه دوباره هر روز پیچیدنمون به هم، تنها راه جداییه.

سایمان: تو برگرد، صبوری کن، زمان بده حل می‌شه.

آنوشا لحظاتی سکوت می‌کند.

آنوشا: حل نمی‌شه.
سایمان: می‌شه.

آنوشا بعد ازکمی فکر به ظرف شستنش ادامه می‌دهد و چیزی نمی‌گوید.

۶۶. خارجی. روز. منزل آرشام وآنوشا:
ویلیام پشت درب منزل می‌خواهد زنگ بزند، آنوشا از پشت سرش می‌آید.

آنوشا: تو اینجا چیکار می‌کنی؟
ویلیام: اومدم با برادرت صحبت کنم.
آنوشا: الان وقتش نیست گفتم خبرمیدم بهت.
ویلیام: چرا؟

آنوشا: چون برادر من این روزا حال روحیش خوب نیست من باید یک مقدمه چینی کنم آروم آروم بریم جلو.

ویلیام: قول میدم فقط در مورد ازدواجمون بگم بقیشو خودت هر وقت خواستی بگو سایمان درب منزل می‌رسد و از ماشین پیاده شده و پیش ویلیام و آنوشا می‌آید.

سایمان: به، سلام آقا ویلیام.

ویلیام: سلام.

آنوشا دست پاچه می‌شود.

آنوشا: (رو به سایمان) اینجا چیکار می‌کنی؟

سایمان: (با لبخند) اومدم به آرشام سر بزنم تو چرا انقدر هولی؟

آنوشا: ها.....نه ..... هیچی.

ویلیام: من می‌تونم با آرشام صحبت کنم.

سایمان: (با لبخند) بله بله بفرمایید تو.

آنوشا دست پاچه در کیفش دنبال کلید می‌گردد.

سایمان: کلیدا دسته خانم معلم.

آنوشا به کلیدها نگاه می‌کند و درب را باز می‌کند و هر سه به خانه می‌روند.

۶۷. داخلی. روز. عصر. منزل آرشام و آنوشا:

آنوشا اضطراب شدیدی دارد، سایمان با تلفن همراهش مشغول است و زیر چشمی به آن‌ها نگاه می‌کند، آرشام و ویلیام ساکت هستند و به هم نگاه می‌کنند.

آرشام: خوب بفرمایید کارتون با من چیه؟

ویلیام: راستش .... من .... من و آنوشا می‌خوایم باهم ازدواج کنیم.

سایمان درحال کارکردن با تلفن همراهش لبخند می‌زند.

آرشام: چی؟

ویلیام: ماتصمیم داریم ازدواج کنیم.

آرشام: آنوش به من چیزی نگفته.

ویلیام: نتونست بگه از من خواست بیام باهاتون صحبت کنم.

سایمان: (با پوزخند) خجالت کشیده.

ویلیام: آنوش بهم گفت قبل هر چیزی شما باید درجریان باشین، گفت شما باید ضایت بدین تا بتونیم ازدواج کنیم.

آرشام: (لحظه‌ای سکوت) والا نمیدونم چی بگم.

ویلیام: این یعنی اجازه دادین؟

سایمان هم چنان با تلفن همراهش مشغول است و با پوزخند زیر چشمی به آنوشا نگاه می‌کند.

آرشام: بیان این مسأله خیلی سریع و بی‌مقدمه پیش اومد، من الان نمی‌تونم هیچ تصمیمی بگیرم باید بهم باید زمان بدین.

ویلیام: ما زمان زیادی نداریم.

سایمان: چه عجول.

آرشام: چرا؟

ویلیام: آخه ...

آنوشا وسط حرفش می‌پرد.

آنوشا: مامان باباش کارا شونو انجام دادن برای اومدنشون به ایران ، خودشم یه سری کارا داره آلمان باید هرچه سریع تر بره.

آرشام: (رو به ویلیام) خوب شما اگرخیلی عجله دارین می‌تونین برین به کاراتون رسین، این مسأله‌ای نیست که من به همین راحتی بتونم جواب بدم باید یه تصمیم درست بگیرم واینکه ....

ویلیام نگاه می‌کند.

آنوشا: (رو به ویلیام) خبرمیدیم.

ویلیام: باشه، من منتظرم.

آرشام: به سلامت.

ویلیام: خداحافظ.

سایمان: خدافظ.

ویلیام می‌رود و سایمان هم پشت سرش تا درب منزل او را همراهی کرده و پس ازگذشت چند لحظه به خانه برمی‌گردد و می‌خندد.

سایمان: عروس خانم چایی نیاوردین.

آرشام: چرا من همیشه باید آخرین نفر از همه چیزخبردار بشم.

سایمان: بی خیال بابا من این دخترو می‌شناسم ببین اون بنده خدا چی گفته اینم سرکارش گذاشته.

آرشام: سایمان جان یه دقیقه می‌شه ساکت باشی، جواب منو بده چرا قبل اینکه قرار ازدواج بزاری مشورت نمی‌کنی، مگه تو بزرگ‌تر نداری؟ تو قرار بود بری به این آدم تدریس کنی نه قرار مدار بزاری.

آنوشا: (سرش را پایین انداخته) من با کسی قرار ازدواج نذاشتم یه پیشنهادی داد منم گفتم باید با برادرم صحبت کنم ولی عجله کرد همه چی بهم ریخت.

سایمان: (متعجب) یعنی تو واقعاً می‌خوای با این آدم ازدواج کنی؟

آنوشا به سایمان نگاه می‌کند.

آنوشا: اشکالی داره از نظر شما.

سایمان: رسماً قاطی کردی بابا، دو دستی داری میفتی توی بدبختی.

آرشام: می‌شه انقدر دخالت نکنی بدونم می‌خوام چیکارکنم.

سایمان: (عصبی) تو دیگه چرا آرشام، می‌فهمی چی میگی این دوتا به درد هم نمی‌خورن.

آنوشا: مشاورخانواده‌ای؟

آرشام: ا .... بچه‌ها.

سایمان: مشاورخانواده نیستم، ولی می‌دونم اشتباهه، من که راضی نیستم.

آنوشا: سر پیازی یا ته پیازکه راضی باشی یا نه.

آرشام: IIII .... بی تربیت این چه مدل حرف زدنه.

سایمان عصبانی بلند شده و روبروی آنوشا می‌ایستد.

سایمان: من هیچ کاره. ولی بدون دخترخانم دوتا آدم برای ازدواج باید بهم بیان شما بهم نمیاین.

آنوشا: لابد من و تو بهم می‌ایم.

آرشام: (داد میزند) چتونه شما دوتا انقدر بهم می‌پرین.

سایمان لحظاتی به آنوشا خیره می‌شود و بیرون می‌رود.

آرشام: سایمان ...... سایمان صبرکن...... ازدست تو.

آرشام هم به دنبال سایمان بیرون می‌رود.

۶۸. خارجی. چندشب بعد. منزل آرشام وآنوشا:

آنوشا درحیاط نشسته و فکر می‌کند، آرشام پیشش می‌آید.

آرشام: به چی فکر می‌کنی؟

آنوشا: هیچی

آرشام: تو مطمئنی؟

آنوشا: راجع به؟

آرشام: انتخابت؟

آنوشا: انتخابی نکردم که مطمئن باشم.

آرشام: من تا این دلم آسوده خاطر نشه به زبونم و دلم نمی‌شینه اون جواب تأییدی که باید گفته شه ولی اول و آخر همه این روز و شبا تویی که باید زندگی کنی.

آنوشا: نمی‌دونم چی بگم.

آرشام: تا آخر که قرار نیست بلاتکلیف بمونه باید یه جوابی بهش بدیم.

آنوشا: هیچ وقت انقدر سر درگم و دودل نبودم، نمی‌دونم آخر این زندگی و این روزامون چی می‌شه ولی از یک چیزی مطمئن ترم از همیشه

آرشام: چی؟

آنوشا: اینکه..... (سرش را پایین می‌اندازد)

آرشام: اینکه.

آنوشا: انقدر دوستم داره که حاضره برای به دست آوردنم هر کاری بکنه.

آرشام سکوت می‌کند، بعد از گذشت لحظاتی آنوشا سرش را بالا می‌آورد و به چشمان آرشام نگاه می‌کند.

آرشام: توکی انقدر بزرگ شدی بچه؟

آنوشا نگاه می‌کند و لبخندی می‌زند.

آرشام: ولی نخواه ندونسته بشی مهاجر یه سرزمین غریب، بزار بگذره، بزار ثابت بشه هرچی باید و نبایده، بزار بمونه پات و ببینم لحظه لحظه عشقشو.

آنوشا سرش را پایین می‌اندازد.

۶۹. داخلی. صبح روزبعد. آشپزخانه. منزل آرشام و آنوشا:
آنوشا با عجله صبحانه می‌خورد وآرشام هم به او می‌خندد.

آنوشا: به چی می‌خندی؟

آرشام می‌خندد.

آنوشا: آرشام.

آرشام: جانم.

آنوشا: من باید از طرف دانشگاه یکی دوهفته ای برم سفر، مربوط به پروژه‌های عملی مونه و اجباری.

آرشام: خوب برو، فقط اونجا خواب نمونی چون اگه اینطوری مثل قطحی زده‌ها غذا بخوری آبرومون میره.

آنوشا: خیلی خوب باشه آقا آرشام تو مسخره کن دارم برات.

آرشام می‌خندد.

آنوشا: من رفتم خدافظ.

آنوشا وسایلش را برمی‌دارد و می‌رود.

آرشام: خدافظ، مراقب خودت باش.

آرشام با خودش می‌خندد.

۷۰. داخلی. روز. ساختمانی قدیمی:

آنوشا از پله هایی کثیف و قدیمیِ ساختمانی کهنه با ترس پایین می‌رود، چند نفر رفت وآمد می‌کنند و صدای داد و فریاد شنیده می‌شود.

۷۱. داخلی. روز. ساختمانی قدیمی:

آنوشا درسالن منتظر است که صدایش می‌کنند.

زن: خانم وثوق بفرمایید.

۷۲. داخلی. روز. ساختمانی قدیمی:

آنوشا دراتاق معاینه روی تخت نشسته و درحالی که دکمه های مانتویش را می‌بندد دکتر با او صحبت می‌کند.

دکتر: مطمئنی؟

آنوشا: بله.

دکتر: خوب فکراتو کردی؟

آنوشا: بله.

دکتر: مبلغ همونیه که گفتم مشکلی نداری؟

آنوشا: نه.

دکتر: خیلی خوب کاراتو انجام میدم.

۷۳. خارجی. روز. ۳ هفته بعد. منزل سانیار:

آنوشا زنگ آیفون را می‌زند ، درب باز شده و به منزل می‌رود.

۷۴. خارجی. روز. خیابان:

آنوشا با دست و دهان زخمی و پر از خون درحالی که اضطراب شدیدی دارد از خانه بیرون آمده و نفس زنان وگریه کنان می‌دود.

۷۵. خارجی / داخلی. روز. ظهر. منزل آرشام و آنوشا:

آنوشا درحوض حیاط خانه دست و صورتش را می‌شورد و به خانه می‌رود.

آنوشا: من اومدم.

آرشام: آشپزخونه‌ایم.

آنوشا به آشپزخانه می‌رود.

آنوشا: سلام.

آرشام: سلام، صورتت چی شده؟

سایمان با بی اعتنایی به آنوشا جوابی نمی‌دهد.

آنوشا: خوبه آدم یاد بگیره جواب سلام واجبه.

آرشام: گفتم صورتت چی شده؟

آنوشا: هیچی تو خیابون سرم گیج رفت خوردم زمین.

آرشام: این مدلِ زمین خوردن نیست.

آنوشا به سمت گاز می‌رود.

آنوشا: چه بویی راه انداختین به به.

آنوشا درقابلمه را برمی‌دارد و عطر و بخار غذا درصورتش می‌پیچد، با احساس حالت تهوع به دستشویی می‌دود.

سایمان و آرشام هم به دنبالش می‌روند.

آرشام: آنوشا چی شد؟

سایمان: (دست پاچه) حالت خوبه؟

آنوشا هم چنان در دستشویی تهوع دارد.

سایمان: (رو به آرشام) چیزی خورده مسموم شده باشه؟

آرشام: نه، دیشب شامم نخورد، آنوشا جان درو باز کن.

آنوشا از دستشویی بیرون می‌آید و بیحال وخسته زمین می نشیند و سایمان هم کنار
او می‌نشیند.

سایمان: حالت خوبه؟

آنوشا: خوبم.

آرشام: پاشو بریم دکتر؟

آنوشا: نمی‌خواد.

سایمان نگران است .

سایمان: تمام بدنت داره می‌لرزه تب داری میگی خوبم.

آنوشا: این دو سه روز حالم همینه از استرسه زیاده.

آرشام: این رنگ پریده چهره و این بدن بی رمق ربطی به استرس نداره
سایمان کمک کن ببریمش دکتر.

آنوشا: نمی‌خواد، استراحت می‌کنم خوب می‌شم.

آنوشا به اتاقش می‌رود، آرشام و سایمان هم به هم نگاه می‌کنند.

۷۶. داخلی. شب. منزل آرشام و آنوشا:

آنوشا درحال کابوس دیدن هذیان می‌گوید، آرشام به‌اتاق می‌آیدوبیدارش می‌کند، آنوشا ناگهان ازخواب می‌پرد و احساس تنگی نفس و اضطراب دارد.

آرشام: حالت خوبه؟

آنوشا: چند شبه خوابام پریشونه، نمی‌دونم چه اتفاقی قراره بیفته.

آرشام: نترس مال فکر و خیاله، می‌خوای با هم صحبت کنیم

آنوشا آرام تر شده

آنوشا: نه خوبم برو بخواب؛ ببخشید توام اذیت شدی.

آرشام: هستم خوابت ببره بعد میر .

آنوشا مجدد می‌خوابد.

۷۷. داخلی. شب بعد. منزل آرشام و آنوشا:

آرشام وسایمان درحال صحبت کردن هستند آنوشا پیش آن ها می‌آید.

سایمان: به به آنوشا خانم، چه عجب ما امروز شما رو دیدیم.

آنوشا می‌نشیند

آرشام: بهتر شدی؟

آنوشا: خوبم، آرشام من دیگه بیشتر از این نمی‌تونم منتظر بمونم.

آرشام: بابت؟

آنوشا: ازدواجم با ویلیام می‌خوام زودتر تکلیف زندگیم مشخص بشه، ما باید زودترازدواج کنیم.

سایمان: یه خرده خجالتم اگه بکشی بد نیستا.

آرشام: من با خود ویلیامم صحبت کردم گفتم باید یه خرده زمان بده خودمو جمع و جورکنم باید مطمئن شه فکرم.

آنوشا: این یعنی خیلی دیر می‌شه و همه برنامه های دیگه مونم میره تو تایم طولانی.

سایمان: بره چه عجله‌ای؟

آنوشا: می‌شه تو خودتو قاطی نکنی؟

سایمان عصبی می‌شود.

سایمان: چشم خانم دانای کل.

کاپشنش را می‌پوشد و ازخانه بیرون می‌رود.

آرشام: آنوش برو دنبالش.

آنوشا: چرا سرهرحرف و سخنی عصبی می‌شه.

آرشام: برو دنبالش ببین چشه؟

آنوشا بیرون می‌رود.

۷۸. داخلی. شب. ماشین سایمان:

سایمان قرص می‌خورد که آنوشا سوار ماشین می‌شود ، قرص‌ها را قایم می‌کند.

آنوشا: چند وقته؟

سایمان: چی؟

آنوشا: قرصای لعنتی.

سایمان: (لحظه ای سکوت) آرام بخشه که شبا راحت بخوابم.

آنوشا: چِته که شبا راحت نمی‌خوابی؟

سایمان: مهم نیست، برو پایین می‌خوام برم.

آنوشا: مهمه که اینجام، ما چیز پنهونی از هم نداریم همیشه قاطی بودیم.

سایمان: تنهایی حل شدنی نیست.

آنوشا: همین.

سایمان: چرا عاقلانه فکر نمی‌کنی و نمی‌بینی آدمای دور و برتو.

آنوشا: عاقلانه فکرکردن یعنی یه ترم تعلیقیم داره تموم می‌شه، یعنی یه ترم بیش تر به پایان درسم نمونده، یعنی من اهل افغانستانم و بعد درسم مجوز موندن ندارم و باید برگردم، یعنی من توی تمام این سالا حتی یک کارت بانکی به نام خودم ندارم و اگه اتفاقی برای آرشام بیفته باید بشم آواره کوچه و خیابون چون نمی‌تونم حتی یه خونه و ماشین به نام خودم داشته باشم، عاقلانه فکرکردن یعنی من هرجای این دنیاهم که برم اول وآخرش یه مهاجرم میون تمام این روزام و اون پسر تنها شانس زندگیمه.

سایمان: می‌شه بری پایین.

آنوشا: سا ......

سایمان: خواهش می‌کنم برو پایین.

آنوشا بعد از کمی مکث پیاده می شود، سایمان با سرعت می‌راند و می‌رود، آنوشا بهت زده به راه خیره می‌شود.

۷۹. خارجی. شب. بام تهران:

سایمان نشسته و به ماشین تکیه داده، سیگار می‌کشد، آنوشا می‌آید وکنارش می‌نشیند.

آنوشا: حال این روزات مثل همیشه نیست.

سایمان: هیچی این روزا مثل همیشه نیست.

آنوشا: اونی که شده بار سنگین رو شونه‌هات، شده قرصای قبل خواب، شده بغض تو صدات چیه که نمی‌تونی بگی.

سایمان: بغض من بغض یکی دو روزه نیست.

آنوشا روبروی سایمان می‌نشیند.

آنوشا: همیشه پررنگ ترین بخش زندگیم بودی، انقدری که اگه بگن چقدر نمی‌دونم بگم یک یا دو، ده یا چندساله که هستی، همیشه اولین نفر بودی بازی‌هامون، قهروآشتی‌هامون، گریه و خنده‌هامون، روزایی که بریدم همیشه برادرتر از آرشام بودی اما.

سایمان: اما چی؟

آنوشا: خیلی وقته تو چشمام نگاه نمی‌کنی، باهام حرف نمی‌زنی، قاطیه زندگی من و آرشام نمی‌شی.

سایمان: می‌خوام عادت شه این نبودن، می‌خوام بتونم دووم بیارم بعد رفتن.

آنوشا: بهتر از هرکسی می‌دونی درد رفتنِ من ازچیه، تو مگه نمی‌خواستی برای همیشه بری؟

سایمان: تمام این شبا به دل کندن فکرکردم و دووم نیاورد جسم و روحم، اگه یه روزی برم خونه امنم پیش شماهاست.

آنوشا: من الان وسط یه دو راهیم که از هرطرفم بپیچم انتهای جاده رفتنه ولی میون راه یه رازایی هست که نگم و نشنوی و ندونی زندگی راحت تره.

سایمان: اگه ربطش می‌شه اون شب خونه من که گفتم بهت بی دعوا، بی دردسر تمومش می‌کنم، کسی نمیدونه جز خودم و خودت که چی گذشت و نگذشت.

آنوشا: تمومش کن سایمان، بِگذر که زبونم نچرخه به نگفته‌ها.

سایمان: بدبخت نکن خودتو.

آنوشا می‌خندد و سایمان خیره به او نگاه می‌کند.

آنوشا: مثل فالگیرا حرف می‌زنی.

سایمان: دروغ میگم؟

آنوشا: راست و دروغش پای دلم، ویلیام الان تنها کسیه که می‌تونه.....

سایمان: می‌تونه چی؟

آنوشا: هیچی ولش کن.....

سایمان به چشم های آنوشا زل می‌زند.

سایمان: یکی به درنزن یکی به دیوار، نمی‌فهممت.

آنوشا سرش را پایین می‌اندازد.

آنوشا: من.... من دوستش دارم سایمان.

سایمان: دروغ میگی، می‌دونم دوست داشتنی وسط این عشق مزخرف نیست.

آنوشا سکوت کرده و بلند می‌شود، سرش گیج می‌رود و زمین می‌افتد.

سایمان: حالت خوبه؟

آنوشا: آره خوبم، خوبم.

سایمان: بریم بیمارستان؟

آنوشا: نه خوبم، فقط برسونم خونه.

سایمان: آخه.

آنوشا: لطفاً.

سایمان: بشین بریم.

سایمان و آنوشا سوار می‌شوند، حرکت ماشین را می‌بینیم.

۸۰. خارجی. شب. منزل آرشام و آنوشا:

آنوشا درحیاط را باز می‌کند و سوزان را پشت در داخل خانه می‌بیند.

آنوشا: شما؟

سوزان: اومدم به خانوادت بگم جمع و جورت کنن.

آنوشا با عجله داخل خانه می‌دود و سوزان هم دنبالش می‌رود.

۸۱. داخلی. شب. منزل آرشام و آنوشا:

آنوشا با اضطراب وارد خانه می‌شود، آرشام چهره گرفته‌ای دارد.

آنوشا: این، این جا چیکار داشت؟

آرشام: میگه تو مقصری زندگیش به طلاق کشیده.

آنوشا روی مبل می‌نشیند.

آنوشا: چقدر یک آدم می‌تونه دچار توهم و بی‌مسئولیتی باشه.

آرشام: خودش شنیده.

آنوشا: دروغ محضه من فقط گفتم تا زمانی که هستم بابت راسپینا نگرانی نداشته باشن ولی احساس می‌کنم حرف و سخن بینتون چیزه دیگه بوده.

آرشام: با شک وتردید حرف می‌زنی؟

آنوشا: (دست پاچه) حرفش همین بود؟

آرشام: اتفاقی افتاده که باید بدونم و بی‌خبرم.

آنوشا: نه نه، هیچی.

آرشام: پس چرا پرسیدی؟

آنوشا: هیچی، اون همیشه عصبیه و هرچی دلش بخواد میگه منظورم این بود توهینی چیزی.

آرشام: آنوش اگه چیزی هست بینتون، حرفی هست پشت تو، نپوشون بی جهت که بشه عامل رسوایی و سربلند نکردنمون از شرم.

آنوشا: هیچی نیست برادرمن، حرفی نیست برادرمن، اتفاقی نیست برادر من.

آنوشا به اتاقش می‌رود و در را محکم می‌بند.

۸۲. خارجی. روز بعد. پارک:

آنوشا و ویلیام روی نیمکت نشسته اند.

ویلیام: گفتی؟

آنوشا: نه هنوز.

ویلیام: ما چند روز دیگه ازدواج می‌کنیم.

آنوشا: حالا یه کاریش می‌کنیم.

ویلیام: آخه خودت گفتی دیرمی‌شه، گفتی خودش بفهمه بدترمی‌شه.

آنوشا: آره الانم می‌گم، ولی این مسئله برای من به همین راحتیم که فکر می‌کنی نیست نمی‌تونم راحت بیانش کنم اونم به برادرم باید یه جوری بگم بهم نریزه.

ویلیام: چی بهم نریزه؟

آنوشا: خودش، منظورم اینه اعصابش داغون نشه، بالاخره خواهرشم، سخته پذیرفتن وقتی بشنوه.

ویلیام: خوب باید چیکارکنیم؟

آنوشا: سعی می‌کنم هرجور شده تو این دو روز بگم بهت خبرشو میدم.

ویلیام: باشه، من میرم دانشگاه نمیای؟

آنوشا: نه باید برم کاردارم.

ویلیام: پس خدافظ.

آنوشا: خدافظ.

ویلیام می‌رود و آنوشا هم به ساعتش نگاه کرده و می‌رود.

۸۳. داخلی. روز. منزل آرشام و آنوشا:

آرشام تلویزیون نگاه می‌کند، آنوشا روی مبل نشسته و با تلفن همراهش مشغول است که حالت تهوع می‌گیرد. به دست شویی می‌رود، آرشام هم دست پاچه پشت در دستشویی می‌رود.

آرشام: چی شد آنوش؟

آنوشا از داخل دستشویی جواب می‌دهد.

آنوشا: هیچی داداش خوبم نگران نباش.

آنوشا دوباره حالت تهوع دارد.

آرشام: (زیر لب با خودش) این بچه چش شده این روزا.

آنوشا از دست شویی بی‌رمق بیرون می‌آید.

آرشام: خوبی؟

آنوشا: آره خوبم.

آرشام: فردا می‌ریم دکتر.

آنوشا: نمی‌خواد خوبم.

آنوشا می‌نشیند.

آرشام: به حال و روزت نگاه کن چرا انقدر ممانعت می‌کنی؟

آنوشا: خوبم برادر من، خوبم.

آرشام: همین که گفتم.

آنوشا: (با لبخندی آرام) چشم داداش، چشم خان داداش.

آنوشا به اتاقش می‌رود، آرشام هم تلویزیون را خاموش کرده به اتاقش می‌رود.

۸۴. داخلی. صبح روز بعد. منزل آرشام و آنوشا:

آنوشا صبحانه می‌خورد و آرشام هم درحال لباس پوشیدن است.

آنوشا: کجا آقا داداش؟

آرشام: منم باهات میام.

آنوشا: کجا قراره برم که خودم خبر ندارم.

آرشام به سمت آنوشا می‌آید.

آرشام: دکتر.

آنوشا دست از خوردن می‌کشد.

آنوشا: دیشب گفتم وقت کردم میرم.

آرشام: خیلی خوب الان که بیکاری با هم می‌ریم.

آنوشا: چه اصراری داری من برم دکتر؟

آرشام: چه اصراری داری نری دکتر؟

آرشام و آنوشا سکوت کرده و به هم نگاه می‌کنند.

آنوشا: بعداً خودم میرم.

آنوشا به اتاقش می‌رود و آرشام با صدای بلند حرف می‌زند.

آرشام: من که بالاخره می‌فهمم چی رو داری ازم پنهون می‌کنی، پس بهتره تا دیر نشده خودت بهم بگی.

آرشام حمله عصبی می‌گیرد و دستش را ماساژ می‌دهد.

۸۵. خارجی. روز بعد. منزل آرشام و آنوشا:

آرشام درب حیاط را باز می‌کند و مأمور نیروی انتظامی را می‌بیند.

مأمور: سلام، منزل خانم آنوشا وثوق؟

آرشا :   بفرمایید.

مأمور: ایشون باید با ما بیان.

آرشام: می‌تونم بپرسم چرا؟

مأمور: ازشون شکایت شده ازطرف خانم سوزان رحمتی.

آرشام: چرا؟!

مأمور: تشریف بیارین کلانتری هر توضیحی می‌خواین اونجا بشنوید.

۸۶. داخلی. روز. کلانتری :

آنوشا روی صندلی نشسته و استرس دارد، دائماً آب می‌خورد، سرگردی که مسئول پرونده است داخل اتاق می‌آید.

سرگرد: خوب شما چه توضیحی دارین؟

آنوشا: دروغه، این موضوع هیچ ارتباطی به من نداره.

سرگرد: چه مدرکی دال بر دروغ بودنش دارین؟

آنوشا: (با صدای خیلی آهسته) هیچی.

سرگرد: (با خشم و اقتدار) بلندتر صحبت کنین... نشنیدم، چه مدرکی دارین؟

آنوشا: (سکوت) هیچی.

سرگرد: مدرک دارین؟

آنوشا سکوت کرده و جواب نمی‌دهد ، دستانش می‌لرزد.

سرگرد: آقای حاتمی کجان؟

آنوشا هیچی نمی‌گوید.

سرگرد: (با صدای بلند و فریاد) پرسیدم سانیار حاتمی کجاست؟ شش روزه خبری ازش نیست.

آنوشا استرس شدیدی دارد، سکوت می‌کند و هیچی نمی‌گوید، سرگرد کلافه است و لحظاتی فکر می‌کند.

سرگرد: خانم احمدی؟

مأمور زن به اتاق می‌آید.

احمدی: بله قربان.

سرگرد: ایشون فعلاً بازداشتن تا همه چی مشخص بشه.

احمدی: بله قربان.

به سمت آنوشا می‌آید و دستش را می‌گیرد.

احمدی: پاشو خانم، پاشو.

آنوشا را بلند می‌کند و می‌برد.

۸۷. خارجی. روز. حیاط کلانتری:

آرشام بهم ریخته و پریشان است، از درد به خودش می‌پیچد. سایمان با عجله به سمت او می‌آید.

سایمان: سلام، چی شده؟

آرشام ناله می‌کند.

سایمان: حالت خوبه؟
آرشام: منو برسون بیمارستان.
سایمان: آنوش....پس.

آرشام حالش بد می‌شود و سایمان دست پاچه با اورژانس تماس می‌گیرد.

۸۸. داخلی. شب. ماشین سایمان:

آرشام در فکر فرورفته و سایمان هم رانندگی می‌کند و حرفی نمی‌زند.

سایمان: نمی‌خوای چیزی بگی؟ از صبح تا الان کل تهران روگشتیم.
آرشام: حرفی ندارم.

سایمان: پس بریم کلانتری؟

آرشام: بریم خونه.

سایمان ترمز می‌زند ، گوشه‌ای پارک می‌کند و رو به آرشام می‌نشیند.

سایمان: چِت شده پسر، آنوش بدبخت داره اونجا بی‌گناه دق می‌کنه بعد تو عین خیالت نیست.

آرشام: گفتم برو خونه بگو چشم.

سایمان: چی گذشته تو اون کلانتری که عوضت کرده.

آرشام: می‌شه یه دفعه هم که شده قاطیه زندگی ما نباشی، قاطیه فکر و خیال ما نباشی.

سایمان: اگه بین حرف و قطعیتشون سخنی از پول و سند و هزار و یک چیزدیگه است باشه میریم نمی‌شنویم، نمی‌بینیم میگیم چشم.

آرشام: نقل این حرفا نیست که اگه بود و حکم یقین و اعتماد بهش می‌ریخت تو وجودم زندگیمو پاش می‌دادم برای یک لحظه کم‌تر نفس کشیدن پشت اون میله‌ها.

سایمان مسیرش را عوض کرده و به سمت کلانتری دور می‌زند.

آرشام: کجا میری؟

سایمان: کلانتری.

آرشام: چرا نمی‌فهمی (کلافه وعصبی) نمی‌خوام قاطیه این ماجرا بشی.

سایمان: اگه نمی‌خواستی زنگ نمی‌زدی بیام.

آرشام: اشتباه کردم برگرد.

سایمان سرعتش را زیاد می‌کند.

آرشام: انقدر رو اعصاب من نرو سایمان.

سایمان هم چنان با سرعت می‌راند.

آرشام: (باصدای بلند) د ...... لامذهب بس کن دیگه چی رو می‌خوای بدونی (باصدای بلندتر) اینکه آنوشا بارداره یا اینکه قاتله؟

سایمان ترمز شدیدی می‌گیرد.

آرشام: چه وضعه رانندگیه دیوانه؟
سایمان: چی؟
آرشام: گیج تر از اونیم که حوصله سؤال جواب داشته باشم، میگن قاتله. میگن رابطه داشته، وقتی پازل زندگیمونو می‌چینم همه اتفاقای این مدت یعنی صحت داره همه اون چیزی که تو ذهن و حرف و کاغذای اوناست وقتی می‌گردم دنبال اون قطعه گمشده پازل که چرا وکی و چطوری کج رفت این دختر نمی‌رسم به اون دلیله که قانع کنه همه وجودمو.

سایمان سکوت کرده و چیزی نمی‌گوید.

آرشام: بروخونه، فقط برو خونه، برو و بزار زمان بگذره.

سایمان بهم ریخته و مبهوت مانده.

آرشام: تو چت شده سایمان؟

سایمان در سکوتی که میان آن دو برقرار می‌شود رانندگی می‌کند.

۸۹. داخلی. شب. منزل آرشام و آنوشا:

آرشام دراتاق آنوشا نشسته و به گذشته فکر می‌کند.

۹۰. داخلی. شب. منزل سایمان:

سایمان روی مبل نشسته است و در حال فکرکردن با فندکش بازی می‌کند، تلفن همراهش را برمی‌دارد و با شماره ای تماس می‌گیرد و پیغام صوتی می‌گذارد.

سایمان: (بعد ازچند ثانیه) حالم خرابه، داغونم، الان بیشتر از هرلحظه‌ای گیجم و مست، وسط یه راهیم نمی‌دونم درست و غلطش چیه، نمی‌دونم ته این جاده‌ای که دارم میرم سرابه یا بهشت، گفته بودی هر وقت تنهام، هروقت می‌رسم ته این زندگی، هر وقت میزنه به سرم روت حساب کنم، الان می‌خوام روت حساب کنم، برسون خودتو بهم.

تلفن را قطع می‌کند و از خانه بیرون می‌رود.

۹۱. خارجی. شب. منزل آرشام و آنوشا:

آرشام در حیاط را باز می‌کند و ویلیام را می‌بیند.

ویلیام: سلام.

آرشام: سلام.

ویلیام: می‌شه بیام تو کارتون دارم.

آرشام در را باز می‌گذارد و خودش به خانه می‌رود.

۹۲. داخلی. شب. منزل آرشام و آنوشا:

ویلیام: آنوشارو برای چی دستگیرکردن؟

آرشام: کی بهت گفت؟

ویلیام: امروز از اداره پلیس گفتن باید برم اونجا سؤال دارن.

آرشام: یه سؤالی ازت دارم عین حقیقت رو بهم بگو وقتی به آنوش پیشنهاد ازدواج دادی چی گفت؟

ویلیام: گفت باید فکر کنم.

آرشام: خوب؟

ویلیام: خوب بعدم که من اومدم به شما گفتم.

آرشام: می‌خوام بدونم دلیل عجلش چی بود؟

ویلیام: گفت درسش داره تموم می‌شه و دیگه نمی‌تونه اینجا بمونه و اگه قبل ازدواجمون برگرده کشورش شرایط خیلی سخت می‌شه ازدواج، ویزا، برگشتنش برای همین می‌خواست خیلی زودتر این اتفاق بیفته .

آرشام: همین.

ویلیام: البته یه چیزدیگه هم بود که خیلی سعی کرد بگه بهتون بگه ولی می‌ترسید اگه بفهمین ناراحت بشین.

آرشام: چی؟

ویلیام: اینکه ما قراره بریم آلمان زندگی کنیم و اگه نشه شما هم با خودمون ببریم چی می‌شه، از تنهاییتون می‌ترسید.

آرشام سکوت می‌کند.

ویلیام: چرا دستگیر شده آنوش؟

آرشام: (با تعلل) نمی‌دونم.

ویلیام: (متعجب) نمی‌دونین؟ چطور برادرشین نمی‌دونین.

آرشام: روزای زیادیه که من دیگه چیزی نمی‌دونم، نمی‌دونم چرا و چی شد ولی خیلی وقته افسار این زندگی از کنترلم خارج شده.

ویلیام: افسار چی؟

آرشام سکوت می‌کند.

ویلیام: تکلیف من چی می‌شه؟ یعنی تکلیف ما.

آرشام: (سرش را به نشانه بلاتکلیفی تکان می‌دهد) نمی‌دونم......

ویلیام سردرگم فقط نگاه می‌کند

آرشام: واقعاً نمی‌دونم چی باید بهت بگم.

ویلیام هم چنان سردرگم و متعجب است. آرشام به فکر فرو می‌رود.

۹۳. داخلی. روز. اتاق بازپرس:

ویلیام در اتاق است و بازپرس از او سؤال می‌پرسد.

بازپرس: چطوری باهاش آشنا شدی؟

ویلیام: تو دانشگاه. یه مدت توی درسا و پروژه‌های تحقیقاتیم بهم کمک می‌کرد.

بازپرس: قرار بوده باهاش ازدواج کنی؟

ویلیام: بله.

بازپرس: چه زمانی قرار گذاشتین؟

ویلیام: سه چهار ماهی می‌شه.

بازپرس: دیگه چی ازش می‌دونی؟

ویلیام: مثلاً چی؟

بازپرس کلافه است.

بازپرس: هر چیزی که فکر می‌کنی می‌تونه کمکمون کنه.

ویلیام: نمی‌دونم..... من خیلی زیاد نمی‌شناسمش به نظرم دختر مهربون و خوبی میومد، از هرکسی هم پرسیدم گفتن آدم خوبیه.

بازپرس: با همین شناخت کم می‌خواستی ازدواج کنی؟

ویلیام: من خیلی دوستش داشتم به نظرم مشکلی نداشت، تواین مدت که باهاش رفیق بودم فکرمی‌کردم خوب شناختمش، من اصلاً انتظار نداشتم اون یک قاتل باشه.

بازپرس: خیلی خوب می‌تونی بری.

ویلیام: می‌تونم یه سؤال بپرسم؟

بازپرس سرش را به نشانه تایید تکان می‌دهد.

ویلیام: جرمش چیه؟

بازپرس: قتل و رابطه نامشروع.

ویلیام: (با دلهره) قتل؟

بازپرس: فعلاً فقط متهمه هیچی معلوم نیست.

ویلیام پریشان احوال و بدون هیچ حرفی از اتاق بیرون می‌رود.

۹۴. داخلی. روز. اتاق بازپرس:

بازپرس درحال نوشتن سؤال می‌پرسد.

بازپرس: چند ساله می‌شناسیش؟

سایمان: از بچگی، پدرش توی شرکت پدرم کار می‌کرد البته پدرخوندش

بازپرس دست از نوشتن می‌کشد.

بازپرس: خوب؟

سایمان: (استرس می‌گیرد) خوب نمی‌دونم.

بازپرس: چرا انقدراسترس داری؟

سایمان سرش را پایین می‌اندازد و سکوت می‌کند.

سایمان: می‌تونم آب بخورم؟

بازپرس: بله بفرمایین.

آبی از روی میز برمی‌دارد و می‌خورد.

بازپرس: اگه چیزی بدونی و نگی شریک جرمی.

سایمان: چی مثلاً؟

بازپرس: هرچیزی که به پرونده کمک کنه.

سایمان: من هیچی نمی‌دونم فقط نمی‌تونم باورکنم آنوشا قاتل باشه اون آدم این حرفا نیست.

بازپرس: قبلاً یه بار با مقتول دعوا داشتی درسته؟

سایمان سکوت می‌کند، بازپرس روی میز می‌کوبد و فریاد می‌زند.

بازپرس: درسته؟

سایمان: بله درسته.

بازپرس: خوب سرچی؟

سایمان: توهین بزرگی کرده بود به آنوشا، عصبی شدم دست خودم نبود.

بازپرس: کامل توضیح بده چه توهینی؟

سایمان: با خانمش اختلاف داشت تو یکی از همین دعواهاشون سرلجبازی به خانمش گفته بود...گفته بود به آنوشا پیشنهاد

داده صیغش کنه بازپرس و سایمان به چشمان هم خیره شده و سکوت می‌کنند.

بازپرس: چه اختلافی؟

سایمان: تا جایی که من می‌دونم قرار بود طلاق بگیرن.

بازپرس: ما ازکسـایی که باهاشون ارتبـاط نزدیک دارن پرسیدیم اختلافاتشون بعد حضورخانم وثوق بوده.

سایمان: خودآقای حاتمی می‌گفت قدیمیه حضورآنوشا تشدیدش کرده، خوب یک چیزطبیعیه خانما این جور وقتا خیلی نسبت به هم حساس میشن.

بازپرس: (باطعنه وکنایه) ‖‖‖ ..... چقدرجالب ما نمی‌دونستیم، این خیلی خوبه که یه مشاورهست بهمون راهنمایی بده

سایمان سکوت کرده و چیزی نمی‌گوید.

/قطع تصویر/

آرشام روبروی بازپرس نشسته است.

بازپرس: خوب شما که برادرشی بگو؟

آرشام: چی بگم؟

بازپرس: انگیزه خواهرتون از قتل، بارداریش بوده؟

آرشام: من هیچی نمی‌دونم حتی مطمئن نیستم اون قاتل هست یا نه؟

بازپرس: چیزی بدونی و نگی شریک جرمی.

آرشام: واقعاً نمی‌دونم.

بازپرس: خواهرتون ازکی افسردگی گرفت؟ چه مدت بود؟

آرشام: افسردگی نداشت.

بازپرس کلافه برگه ای را از داخل پرونده بیرون می‌آورد و به آرشام می‌دهد، آرشام برگه را می‌خواند.

بازپرس: از دانشگاهش تحقیق کردیم دو ترم پشت سرهم مرخصی تحصیلی گرفته دلیلش این بوده گفته به خاطر مشکلات خانوادگی افسردگی داره و باید تحت درمان باشه اینم نامه از روانپزشکشه.

آرشام: خوب حتماً به دروغ گفته که قانع بشن، ما مشکل خانوادگی نداریم.

بازپرس: چرا می‌خواسته مرخصی بگیره که دلیل نیاز داشته؟

آرشام: نمی‌دونم.

بازپرس: لاله الاالله، اینکه مرحوم سانیارحاتمی قبلاً به آنوشا وثوق پیشنهاد صیغه رو داده صحت داره؟

آرشام: (متعجب می‌شود) کی اینو به شما گفته؟

بازپرس: اینجا من سؤال می‌کنم شما جواب میدین صحت داره؟

آرشام جوابی نمی‌دهد.

بازپرس: خوب منتظر جوابم.

آرشام: نمی‌دونم.

بازپرس: شما چطور برادرشی از هیچی اطلاع نداری؟

آرشام: اون معمولاً از مشکلاتش با من حرف نمی‌زد حقیقتش ما خیلی رابطه‌مون با هم خوب نیست.

بازپرس: الان گفتی مشکل خانوادگی نداریم بعد میگی رابطه‌مون.

آرشام: نه نه هیچ مشکلی نداریم فقط من می‌خواستم همیشه کنترلش کنم اونم ناراحت می‌شد به خاطر همین چیزی نمی‌گفت.

بازپرس: واقعاً هم چقدرخوب کنترل کردین.

آرشام سکوت می‌کند.

بازپرس: ظاهراً شما همه تون تصمیم گرفتین با حرف نزدن پرونده رو به ضرر خودتون تموم کنین می‌تونین برین من کاری باهاتون ندارم.

آرشام بدون هیچ حرفی می‌رود، بازپرس نفس عمیقی می‌کشد و شروع به مطالعه پرونده می‌کند.

/قطع تصویر/

سوزان درمقابل بازپرس نشسته است.

بازپرس: به ما گفتن شما با همسرتون اختلاف داشتین؟

سوزان: اختلاف ما از بعد حضور اون دخترتو زندگیمون شروع شد.

بازپرس: قبلش؟

سوزان تیک عصبی دارد و بریده بریده حرف می‌زند.

سوزان: همه چی خوب بود، مشکلی نداشتیم.

بازپرس: قبل از روزی که همسرتون به قتل برسه دعوایی بینتون نبود؟

سوزان: روز قبلش سالگرد ازدواجمون بود و ما رفته بودیم بیرون.

بازپرس: ولی اینجا نوشتین تولدتون بوده.

سوزان استرس می‌گیرد و سکوت می‌کند.

/ قطع تصویر /

زنی در اتاق بازجویی نشسته و بازپرس هم روبرویش به او نگاه می‌کند.

بازپرس: یه بار دیگه کامل توضیح بدین چه اتفاقی افتاد.

زن: اون دختر اومد پیش من و در مورد اینکه اگه یه فردی باردار باشه چه علائمی داره، اینکه چه بیماری‌هایی باز دارنده بارداریه یک فرده و اینکه غیر از سقط بچه توسط پزشک چه چیزایی می‌تونه باعث سقط بشه سؤال کرد.

بازپرس: وقتی جوابشو دادین چیزی نگفت؟

زن: نه خداحافظی کرد و رفت.

بازپرس: همین.

زن: بله.

بازپرس کلافه فکر می‌کند.

بازپرس: می‌تونین برین.

زن می‌رود و بازپرس بهم ریخته است.

۹۵. داخلی. روز. سالن ملاقات:

سایمان با بی‌قراری قدم می‌زند، افسر نگهبانی آنوشا را به اتاق می‌آورد و بعد از بازکردن دستبندش صدای قدم‌های لرزانش فضای اتاق را پر کرده و او آهسته به سمت میز گام برمی‌دارد و روی صندلی می‌نشیند، سایمان هم با کمی تأمل روبرویش می‌نشیند.

سایمان: حالت خوبه؟

آنوشا سکوت کرده و چیزی نمی‌گوید.

سایمان: آنو.....

آنوشا: آرشام نیومد؟

سایمان: باید بهش زمان بدی.

آنوشا: (با حالت تمسخر) مسخره است .... زمان.

سایمان: آرشام اصلاً حالش خوب نیست خیلی داغونه، بهم ریخته، مونده
بین دو راهی درست و غلط، واقعیت و حقیقت.

آنوشا: شکسته دیوار اعتماد بینمون، زمان فقط یه بازی مسخره است
برای امید واهی داشتن.

سایمان: به اونم حق بده بعد این همه اتفاق پشت هم شک کنه به حق و
ناحق درست وغلط، حق داره صبوری کنه و کنار بیاد با خودش.

آنوشا: درست و غلط؟ کِی کج بوده راهم، کدوم روز فرعی رو نپیچیدم
و زدم جاده خاکی که حالا بهتون ثابت شده شما درستین و
من غلط.

سایمان در حال بیرون آوردن کاپشن از تنش است که برگه‌ای ازجیبش روی زمین
می‌افتد، آنوشا چشمش به نوشته روی برگه افتاده خم می‌شود و آن را بر می‌دارد و
می‌خواند.

آنوشا: اخراجم کردن؟

سرش را پایین می‌اندازد و عصبی است.

سایمان: نگران نباش اینو بده من، آنوش بگو تمام این ماجراها فقط یک تهمته.

آنوشا: (با تأمل ومکث) متأسفم (به سایمان نگاه می‌کند) متأسفم برای خودم.

سایمان کاغذ را از دست آنوشا می‌گیرد.

سایمان: ببین من زنگ زدم خواهرم بیاد، ملاقات امروز رو با هزار بدبختی و دیدن ده مدل آدم جورکردم تو باید حرف بزنی.

آنوشا بلند شده و بدون هیچ حرفی از اتاق بیرون می‌رود...

۹۶. داخلی. روز. منزل سایمان:

سایمان وارد خانه شده و پریسا (خواهرناتنی‌اش) را می‌بیند که درمنزل منتظرنشسته است.

سایمان: سلام.

پریسا: سلام.

سایمان: چرا نگفتی بیام فرودگاه دنبالت؟

پریسا: تلفن همراهتو یه نگاهی بنداز بیشتر از ده بار زنگ زدم.

سایمان: (نگاهی به تلفنش می‌اندازد) باتری تموم کردم.

سایمان به سمت اتاقش می‌رود.

سایمان: الان میام.

۹۷. داخلی. روز. منزل سایمان:

سایمان چایی می‌آورد و روبروی پریسا می‌نشیند.

پریسا: چیه که انقدر بهم ریختتت؟

سایمان: می‌خوام وکالت یکی رو قبول کنی.

پریسا: کی؟

سایمان: یکی که هیچ کس رو به جز من نداره.

پریسا: آنوشا؟

سایمان: بی‌گناهه، تهمت و افترا زدن بهش.

پریسا: چقدر مطمئنی؟

سایمان: انقدری که اگه خودم بودم مطمئن نبودم.

پریسا: جرمش چیه؟

سایمان سکوت می‌کند.

پریسا: جرمش چیه؟

سایمان کمی تعلل می‌کند و سرش را پایین می‌اندازد.

سایمان: قتل و رابطه نامشروع؟

پریسا: چیکار کرده این دختر با خودش.

سایمان: قضیه پیچیده‌تر از این حرفاست، ماجرا رو برات توضیح میدم ولی ....
ولی آنوشا بی‌گناهه فقط کمکش کن خواهش می‌کنم.

پریسا: (نفس عمیقی می‌کشد) بگو ببینم چه خبره دور و برتون، اصلاً معلومه شماها دارین با زندگی تون چیکار می‌کنید.

سایمان شروع به توضیح دادن می‌کند.

۹۸. داخلی. روز. اتاق ملاقات:

پریسا دراتاق منتظرنشسته، آنوشا را به اتاق می‌آورند، دست بندش را بازکرده و پشت میز می‌نشیند.

پریسا: سلام عزیزم، حالت خوبه؟

آنوشا سکوت کرده وجوابی نمی‌دهد.

پریسا: آنوش جان عزیزم من خودم دنبال کاراتم، فردا قراره ببرنت پزشکی قانونی برای صحت آزمایش بارداریت نگران نباش نتیجه دروغ بودنشکه مشخص شه کارمون راحت ترجلو میره.

آنوشا سکوت کرده و چیزی نمی‌گوید.

پریسا: (کلافه) چرا چیزی نمیگی؟ اگه همه ماجرارو اون چیزی که هست برام تعریف کنی راحت ترمی‌تونم پرونده روجلو ببرم، بگو عزیزم تمام ماجراروکامل تعریف کن می‌خوام از زبون خودت بشنوم

آنوشا فقط نگاه می‌کند.

پریسا: (عصبی) ظاهراً خودتم خیلی علاقه‌ای به اینکه از اینجا بیای بیرون نداری.

پریسا به سمت درخروجی می‌رود که آنوشا حرف می‌زند.

آنوشا: می‌شه یه خواهشی ازتون بکنم.

پریسا: (برمی‌گردد) آره حتماً چرا که نه.

آنوشا: خستم، خودم جرأتشو ندارم، تموم این شب‌ها بدنم مدام رفت سمت تموم کردن همه چیز ولی این ذهن لعنتی مثل همیشه با منطق‌های بی‌حساب و کتابش فکر و خیال رو برد سمت هزار جور نه آوردن و دلیل کافی برای بودن و موندن، میشه خواهش کنم ..... یه کاری کنین .... یه کاری کنین تموم شه .... فرقی نداره چی جوری فقط تمومش کنین. من خیلی خستم، از مدام ثابت کردن خودم. از... لطفاً تمومش کنین.

پریسا با تأملی به آنوشا نگاه می‌کند و او هم به چشمان پریسا زل می‌زند.

۹۹. داخلی. عصر. منزل سایمان:

سایمان و پریسا روی مبل نشسته‌اند وحرف می‌زنند.

پریسا: تنها حرفی که زد همین بود.

سایمان: (پریشان) کم آورده، هرآدمی بالاخره یه روزی کم میاره.

زنگ آیفون به صدا درمی‌آید و پریسا مقابلش رفته و تصویر را نگاه می‌کند.

پریسا: با مامانت قرارداشتی؟

سایمان دست پاچه به سمت آیفون می‌رود.

سایمان: نه.

سایمان در را باز می‌کند و مادر بعد از چند لحظه وارد خانه می‌شود.

پریسا: سلام خانم دکتر.

مادر: خوبه، غریبه‌ها زودتر از ما با خبر شدن.

سایمان: اول برس بعد شروع کن به کنایه زدن، پریسا خواهرمه غریبه نیست.

مادر: خواهر ناتنیت.

پریسا: اما......

سایمان: تنی و ناتنی‌اش فرقی نداره، حرفتو بگو.

مادر سایمان روزنامه‌ای را که دستش است روی میز می‌گذارد و می‌نشیند.

مادر: اینا که نوشته راسته؟

سایمان روزنامه را برداشته و می‌خواند.

سایمان: (زیرلب) آشغال عوضی.

روزنامه را پرت می‌کند پریسا آن را برداشته و شروع به خواندن می‌کند.

مادر: به اون روزی که خونه تو از حال رفته ربطی داره؟

پریسا: آنوشا خونه تو از حال رفته؟

سایمان: (رو به مادرش) چرا اتفاقات خونه من رو، زندگی من رو جزء به جزء چک می‌کنی؟

مادر: چون نگرانتم، چون نمی‌خوام آسیبی بهت برسه.

سایمان: (پوزخند) نگرانتم، جالبه مادرم تو بیست وپنج سالگیم یادش اومده نگرانم باشه چقدر من خوشبختم.

پریسا: خانم دکترشما ....

مادر: لنگه پدرتی لیاقت دل سوزوندن نداری.

مادر می‌رود.

پریسا: خانم دکتر.

سایمان کاپشنش را می‌پوشد و از خانه بیرون می‌رود.

پریسا: سایمان کجا میری؟ سایمان ..... سایمان

پریسا کلافه می‌نشیند.

۱۰۰. داخلی. عصر. دفتر خبرگزاری:

سایمان با عصبانیت وارد دفتر خبرگزاری شده و به اتاق دوست خبرنگارش می‌رود.

سایمان: آشغال عوضی این مزخرفات چیه نوشتی؟

خبرنگار با ترس و اضطراب از روی صندلی بلند می‌شود.

خبرنگار: چته؟

سایمان روزنامه ای را از روی میز برمی‌دارد و رو بروی خبرنگار می‌گیرد.

سایمان: این چرندیات چیه؟ من گفتم اینارو چاپ کنی؟ گفتم عکس اون مرتیکه رو بزن یه خبر برو شاید ببینه به رگ غیرتش بر بخوره برگرده بیاد تو رفتی داستان عاشقانه نوشتی؟

خبرنگار: اینا تکنیک روزنامه نگاریه.

سایمان: تکنیک اینه که از اعتماد دیگران سوء استفاده کنی یه مشت چرندیات تحویل مردم بدی، تو از افغانستانی بودن اون دختر سوءاستفاده کردی این مزخرفات چیزایی نیست که من گفتم.

خبرنگار: حالا تو چرا افسار پاره کردی ببینم نکنه چیز دیگه‌ای هست و ما خبر نداریم.

سایمان: ببند اون دهنتو.

با حالت پرخاش به سمت دوست خبرنگارش می‌رود، دست به یقه شده دعوایشان می‌شود کارمندان دیگراتاق می‌آیند و سعی می‌کنند دعوا را خاتمه دهند.

۱۰۱. داخلی. شب. منزل سایمان:

صورت و دستان و لباس سایمان پر از خون است و پریسا زخم هایش را تمیز و پانسمان می‌کند.

پریسا: من نمی‌فهمم لاتی، ولگردی، چی هستی که راه میفتی تو خیابون کتک‌کاری.

سایمان: دست خودم نبود یهو عصبی شدم.

پریسا: تو مسئول پیدا کردن آدما نیستی اگه لازم باشه پلیسا خودشون خوب بلدن آدما رو پیدا کنن.

سایمان: (دردش می‌گیرد) آخ .... فعلاً که هیچ کس هیچ کاری نمی‌کنه.

پریسا وسایل پانسمان را جمع می‌کند.

پریسا: سایمان اونقدری که این مسأله برای تو مهمه برای خودش نیست.

سایمان: منظورت چیه؟

پریسا به آشپزخانه می‌رود و در حال جمع کردن وسایل صحبت می‌کند.

پریسا: یعنی اون دختر هیچ حرفی برای دفاع از خودش نمی‌زنه.

سایمان به آشپزخانه می‌آید.

پریسا: من با برادرش صحبت کردم حتی اونم حاضر نیست براش کاری
کنه.

سایمان: با آرشام؟

پریسا: اونم به خواهرش شک داره، به پاکیش به بی‌گناهیش.

سایمان: باید به من می‌گفتی می‌خوای بری پیش آرشام.

پریسا: باید به من می‌گفتی آنوشا خونه‌ی تو از حال رفته.

سایمان: فکر نمی‌کردم انقدر مهم باشه.

پریسا: فکر نمی‌کردی مهم باشه یا چیزی هست که نمی‌خوای بگی؟

سایمان: با نیش وکنایه حرف می‌زنی؟

پریسا: چرا خونه تو ازحال رفته، چیزی بینتون هست که نمی‌خوای
بگی و شده دلهره این روزات؟

سایمان: حالش خراب بود، دکترنا امیدش کرده بود پناه آورد به من.

پریسا: خوب؟

سایمان: خوب که خوب صبح دیدم بیهوش ازحال رفته، دکتر گفت ضعف
جسمانیه.

پریسا: همین؟

سایمان: همین.

سایمان به پریسا فقط نگاه می‌کند و هر دو سکوت می‌کنند.

۱۰۲. داخلی. روز. اتاق بازجویی:

آنوشا دراتاق نشسته و بازپرس به همراه پرونده وارد می‌شود، پرونده را روی میز
می‌اندازد و شروع به صحبت می‌کند.

بازپرس: خوب گفتی می‌خوای منو ببینی، حرفی هست؟

آنوشا: من .....من می‌خوام همه چیزو توضیح بدم.

بازپرس: شما تو بازجویی قبلی گفتین قاتل نیستین. جواب آزمایش بارداریتونم اشتباه شده.

آنوشا: دروغ گفتم من..... من ترسیدم.

آنوشا آبی برمی‌دارد و می‌خورد.

آنوشا: من انقدرترسیده بودم حتی نمی‌تونستم فکرکنم آخرش چی می‌شه فقط ترسیدم بگم .... اما الان ..... دیگه برام فرقی نداره شما که بالاخره می‌فهمین می‌خوام خودم بگم.

بازپرس :   همون روزی که دیدنت که از خونه با صورت زخمی اومدی بیرون به قتل رسوندی؟

آنوشا سرش را به نشانه تأیید تکان می‌دهد.

بازپرس: خوب جنازه کجاست؟

آنوشا: نمی‌دونم واقعاً نمی‌دونم من نمی‌خواستم آقای حاتمی رو بکشم دعوامون شد ... می‌خواست بهم تجاوزکنه .... من فقط خواستم از خودم دفاع کنم (با استرس) وقتی مرد فرارکردم، نمی‌دونم جنازه کجاست و کی بردتش آنوشا ناراحت سرش را میان دو دستش می‌گذارد.

بازپرس: نتیجه آزمایشت میگه بارداری؟ مگه شما صیغه نبودین که صاحب بچه شدین پس تجاوز؟

آنوشا: اون ...... اون قبلاً یک بار به من تجاوزکرده بود. وقتی فهمیدم باردارم. رفتم بهش بگم ولی.... ولی (سکوت) ببخشید من حالم خوب نیست بازپرس ناراحت به آنوشا نگاه می‌کند و آهی می‌کشد.

بازپرس: می‌تونی صحنه قتل رو بازسازی کنی؟

آنوشا :   بله.

هردو سکوت کرده و چیزی نمی‌گویند.

۱۰۳. داخلی. روز. منزل سانیارحاتمی:

پلیس به همراه آنوشا و پریسا برای بازسازی صحنه آمده‌اند، آنوشا نحوه درگیری و قتل سانیار را توضیح می‌دهد، سوزان هم حضوردارد.

۱۰۴. داخلی. روز. کلانتری:

پریسا دراتاق سرگرد نشسته و صحبت می‌کنند.

پریسا: می‌خوام بدونم چرا این پرونده انقدرطولانی شده؟

سرگرد: چون همه چیزخیلی پیچیده است و ما هنوزم با قطعیت نمی‌تونیم بگیم خانم آنوشا وثوق متهم هستند یا نه.

پریسا: منظورتون چیه؟

سرگرد: من باید یک سری مسائل رو برای شما توضیح بدم تا کامل شدن پرونده نیاز به همکاریتون داریم اعترافات خانم وثوق با چیزی که روز اول گفتن متفاوته، ایشون تا حالا بیش تر از سه چهار مورد متفاوت اعتراف داشته.

پریسا: خوب یعنی چی؟

سرگرد شروع به صحبت کرده و مخاطب موسیقی می‌شنود.

۱۰۵. داخلی. روز. کلانتری:

سایمان مقابل سرگرد نشسته، بعد از نگاهی که درسکوت به هم می‌کنند.

سرگرد: کل ماجرا همین بود؟

سایمان: (با استرس) بله.

سرگرد آه عمیقی می‌کشد، با تلفن تماسی می‌گیرد.

سرگرد: سروان صمدی رو بفرستین اتاق من.

تلفن را قطع می‌کند، سروان وارد اتاق می‌شود و ادای احترام می‌کند.

سروان: بله قربان درخدمتم.

سرگرد: ایشون رو ببرین بازداشتگاه.

سروان: چشم قربان.

سروان دست‌های سایمان را دست بند زده و او را به بازداشتگاه می‌برد، سرگرد کلافه پرونده را می‌بندد و از اتاق بیرون می‌رود.

۱۰۶. داخلی. روز. سالن ملاقات:

پریسا منتظراست، سایمان به اتاق می‌آید، نگهبان دستبندش را باز می‌کند و او روبروی پریسامی‌نشیند.

پریسا: چرا سایمان؟

سایمان جوابی نمی‌دهد.

پریسا: عهد و قرارته اون زبون نچرخه به گفتار؟

سایمان: بی‌خبری ازتموم اون ناگفته‌هایی که سنگینی وزنش بریده تحمل زبونم رو.

پریسا: این چه ناگفته‌ایه که کشوندتت اینجا میون این همه سیاهی، حواست نیست، حواست نیست سایمان که تو داری میشی متهم ردیف اول و اون دختر بی‌گناه، حواست نیست به همه

روزهایی که جا موند تو گذشته و مطمئن بودم از وجود خبط
و ربط میون تو و اون دختر.

سایمان: حرفم این چیزا نیست.

پریسا: اگه نیست.....

سایمان عصبی وکلافه قدم می‌زند و شروع به صحبت می‌کند.

سایمان: حرف من بغضیه که توگلومه، حرف من عذاب وجدانیه که این
روزا تو پوست و استخونم رخنه کرده، حرف ناگفته ایه که زودتر
از اینا باید گفته می‌شد.

پریسا: خوب بگو از این ناگفته، بگو و بزار بفهممت شاید آروم شه دلم
از بودنت پشت میله‌ها، بگو و بزار بفهممت که سکوت بود تمام
این مدت میون فکرت و زبونت.

سایمان: نمی‌شه .... نه ....

پریسا: چرا حرفت با اون فکری که چسبیده به دیوارذهنت یکی نیست،
سایمان اون دختر همه روزای پیش روش شده سیاهی وگنگ و
من نمی‌تونم راست و حقیقت رو براش ثابت کنم چون یک طرف
این پرونده تویی، یک ناگفته‌هایی این میون هست که نه تو
حاضری به زبون بیاری و نه اون حاضره لب واکنه مبادا کسی
زخم برداره وسط این شلوغی ها

سایمان: من .....

پریسا: هیچی نگو ..... هیچی نگو سایمان.

پریسا وسایلش را جمع می‌کند.

پریسا: من دیگه تو این پرونده نیستم، نه اینکه چون قانون و چون نَسَب
و سَبَب نباید اثری ازش میون رای وحکم و جرم باشه نه ، چون

که نمی‌خوام امضام پای حکمی باشه که نمی‌دونم جوهرقلمش
راست و درست رو نوشته یا نه؟

هردو به هم نگاه می‌کنند و سکوت محضی فضای اتاق را می‌گیرد.

پریسا: دیگه رو من حساب نکن.

پریسا می‌رود.

۱۰۷. خارجی / داخلی. روز. دادگاه:

آنوشا را از زندان به دادسرا می‌آورند، همزمان با ورودش تعدادی خبرنگار شروع به عکاسی می‌کنند، آنوشا چهره‌اش را پنهان می‌کندکه دیده نشود، وارد سالن شده و به انتظارمی‌نشینند، سایمان هم منتظر با دستان دستبند زده شده نشسته است. آنوشا سرش را پایین می‌اندازد و به چشم های سایمان نگاه نمی‌کند. ویلیام از راه می‌رسد.

ویلیام: سلام.

آنوشا دست پاچه و ناگهانی سرش را بالا می‌آورد.

ویلیام: (روبروی آنوشا) چرا با من این کاروکردی چطورتونستی انقدر
راحت به چشمای یک آدم نگاه کنی ودروغ بگی؟

ویلیام می‌رود وآنوشا سرفه‌اش می‌گیرد و نفسش به شماره می‌افتد .

افسر: خانم حالت خوبه؟

آنوشا سرش را به نشانه تأیید تکان می‌دهد، پریسا می‌آید.

پریسا: باید بریم تو وقتشه.

آنوشا به سایمان و پریسا نگاه می‌کند و با پاهای لرزان بلند می‌شود، آرشام می‌آید و بی‌اعتنا به آنوشا داخل اتاق می‌رود، تعدادی خبرنگارهم به همراه افراد دیگری وارد اتاق برگزاری جلسه دادگاه می‌شوند، وکیل آنوشا آهسته با او صحبت می‌کند، آرشام با غضب به سایمان نگاه می‌کند.

قاضی: (رو به وکیل آنوشا) خانم صادقی شما آماده این؟

وکیل: بله.

قاضی: بسیارخوب، متهم سایمان رضایی درجایگاه قرار بگیرید.

سایمان مضطرب و آهسته به جایگاه می‌رود.

قاضی: (رو به وکیل) خانم می‌تونین شروع کنین.

وکیل بلند می‌شود.

وکیل: با اجازه ریاست دادگاه.

قاضی: بفرمایید.

وکیل: آقای سایمان رضایی من می‌خوام بدون هیچ حاشیه و طفره رفتنی پاسخ سؤالاتم رو بدید.

سایمان سرش را به نشانه تایید تکان می‌دهد.

وکیل: شما دراظهاراتتون بیان کردید که با خانم آنوشا وثوق رابطه داشتید درسته؟ البته منظورم رابطه جدا از روابط دوستی خانوادگیتونه که ازکودکی داشتین.

سایمان: بله.

وکیل: خوب چه مدت؟

سایمان: (با مکث) حدودا یک سال.

وکیل: میان اعترافاتتون درکلانتری بیان کردین که شما و موکل بنده قصد ازدواج داشتین پس چرا به جای عقد رسمی به صیغه موقت روی آوردین؟

سوزان شروع به داد و فریاد می‌کند.

سوزان: من اعتراض دارم.........
قاضی: اعتراض وارد نیست...... بفرمایین بشینید.
سوزان: این دروغ .... اینا همشون یه مشت کلاهبردارن که ...
قاضی: خانم یا از جلسه دادگاه بفرمایین بیرون یا سکوت کنین.

سوزان با عصبانیت از اتاق بیرون می‌رود.

وکیل: خوب آقای رضایی بفرمایید؟
آنوشا: من می‌خوام صحبت کنم.
قاضی: لطفاً سکوت بفرمایید خانم، نوبت صحبت های شمام می‌شه.

آنوشا پریشان می‌نشیند، سایمان و آرشام به هم دیگرخیره شده‌اند.

وکیل: سؤالم رو دوباره تکرارمی‌کنم چرا شما صیغه موقت کردین؟
سایمان: یک روز آنوشا اومد پیشم، خیلی بهم ریخته بود، مهلت مجوز ایران موندنش داشت به اتمام می‌رسید.

آنوشا کلافه است، سوزان به اتاق برمی‌گردد وکنار وکیلش می‌نشیند و وکیل آهسته با او صحبت می‌کند.

سایمان: انقدر پریشون و مضطرب بود که نمی‌دونست باید چیکارکنه، این ... این برای من بهترین فرصت بود بهش پیشنهاد ازدواج بدم.

آرشام دستش را ماساژ می‌دهد و عصبی است، آنوشا نگران به آرشام نگاه می‌کند.

وکیل: ظاهراً یا سؤال من رو متوجه نشدین یا چیزی هست که نمی‌خواین بگین و طفره میرین اگر پیشنهاد ازدواج دادین چرا صیغه موقت؟

آنوشا تیک عصبی دارد.

سایمان: آنوشا چاره‌ای جز قبول کردن نداشت یا باید برمی‌گشت کشورش یا ... (سایمان به آنوشا نگاه می‌کند) یا باید ازدواج می‌کردیم ، ولی می‌ترسید می‌ترسید از به زبون آوردنش میون نگاه‌های آرشام... برادرش.....

آنوشا کلافه است و سرش را میان دو دستش می‌گذارد.

سایمان: می‌ترسید فکر وخیال بیاد تو ذهنش، می‌ترسید حس کنه نارفیقی دیده می‌ترسید از شکستن اعتقادش بهش.

آنوشا بلند می‌شود و فریاد می‌زند.

آنوشا: دروغه .... دروغه ..... اون آدمی که اونجاست داره دروغ میگه.

آنوشا سرش گیج رفته، حالش بهم می‌خورد، بیهوش شده و روی زمین می‌افتد، سایمان سمت او می‌رود.

سایمان: آنوش .... آنوش جان.

جمعیت زیادی دور آنوشا جمع می‌شوند، همهمه اتاق را فراگرفته.

وکیل: زنگ بزنین اورژانس.

اتاق شلوغ است و آرشام عصبی درحالی که دستش درد می‌کند ازاتاق بیرون می‌رود.

۱۰۸. خارجی. شب. ۲ بامداد. بام تهران:

آرشام آتشی روشن کرده و عکس‌های آنوشا را درآتش انداخته است، تمام قسمت‌های عکس به جز چهره‌ی آنوشا سوخته، باد شدیدی می‌وزد و شعله‌های آتش به همراه باد می‌رقصند، باد در ارتفاع شدیدترشده، خاک هم به همراه شعله های آتش زبانه کشیده و ذرات گرد و غبار درهوا می‌رقصند، آرشام هم چنان درحال سوزاندن عکس‌ها است و به شعله های آتش خیره شده است. باران شدیدی شروع به باریدن می‌کند وخاک و طوفان و باد و باران و شعله های آتش درهوا می‌رقصند.

۱۰۹. داخلی. شب. ۲ بامداد. بیمارستان:

(این پلان موازی با صحنه قبل پیش می‌رود)

نفس‌های آنوشا به شماره می‌افتد و تپش قلبش بالا می‌رود، چند ثانیه‌ای دچار ایست قلبی می‌شود. دکتر و پرستارها با چندین بار شوک او را بر می‌گردانند.

۱۱۰. خارجی. شب. ۲ بامداد. بام تهران:

آرشام در سکوت مطلق به آتش نگاه می‌کند، باران شدید می‌بارد و طوفان گرد و غباردر هوا می‌پیچد.

۱۱۱. داخلی. شب. ۲ بامداد. بیمارستان:

آنوشا با دستگاه اکسیژن نفس می‌کشد و از چشمانش اشک می‌آید.

۱۱۲. خارجی. شب. ۳۰ : ۲ نیمه شب. بیمارستان:

پریسا درسالن بیمارستان نشسته و فکر می‌کند.

۱۱۳. خارجی. شب. ۳ نیمه شب. بام تهران:

آرشام روبروی آتش نشسته و به عکس ها نگاه می‌کند، پریسا از پشت سرش می‌آید.

پریسا: تا کی می‌خوای این بازی رو ادامه بدی؟

آرشام: من شروع نکردم که حالا تمومش کنم.

پریسا: آنوشا بهت احتیاج داره.

آرشام: هیچ وقت تو زندگیش نبودم که الان باشم.

پریسا روبروی آرشام می‌نشیند.

پریسا: از خیلی چیزا خبرنداری و داری چوب حراج می‌زنی به عشق ابدی بینتون.

آرشام :   اون خواهری که ازش حرف می‌زنی گریبان‌گیرش بوده مشکلات روحی که هیچ وقت ازش دم نزد ولی هرروز بیش تراز قبل دورش کرد از دانشگاه و مزخرفاتی که مسیر سرنوشتش بود و من بی خبر بودم ازش، بی خبر بودم. از پیشنهاد صیغه‌ای که هرکس و ناکسی اسمشو گذاشته راه پیش روش نمی‌دونم اون دختر به جای اردوی علمی کدوم قبرستونی رفته من حتی نمی‌دونم اون مهر اعتمادی که این همه سال پای برگه اشتباهاتش زدم می‌تونه ثابت کنه ثبت با سند برابره یا نه .

پریسا: محاکمه امروز پایانی نداشت، آنوش ..... آنوش داره روی طناب مرگ و زندگی دست و پا می‌زنه، نزار دیر بشه وآخرین فرصت از دست بره، نزار حسرتش بمونه به دلت که می‌شد و نکردی.

آرشام: حسرت چی؟ بچه‌ای که هیچ کس نمی‌دونه اصالت و ریشه‌اش ازکجاست، حسرت خواهری که نمی‌دونم درست و غلطش چیه، حسرت زندگی‌ای که همیشه دو سرش باخت بوده برای من.

پریسا سرش را به نشانه تأسف تکان می‌دهد، قبل از رفتن درحالی که پشتش به آرشام است.

پریسا: بچه‌ای درکارنیست، هیچ وقت نبوده، غلطی توزندگی آنوش نیست که نشه با چند بارجریمه نوشتن از روی سرمشق دوباره تو راه درست ساختش یادم تو را فراموش مضحک‌ترین اسلحه‌ای که به وقت گرفتاری تیرش قلب آدم ها رو نشونه می‌گیره، نزار دیر بشه پریسا می‌رود و آرشام سکوت کرده و سخنی نمی‌گوید.

۱۱۴. خارجی. روز. خیابان:

موتورسواری را می‌بینیم که سوزان را تعقیب می‌کند، سوزان مقابل کافی شاپی نگه می‌دارد و از ماشین پیاده می‌شود و داخل کافی شاپ می‌رود، موتورسوارهم دنبالش رفته و از پشت شیشه نگاه می‌کند و عکس می‌گیرد سوزان با پسرجوانی درحال صحبت است.

۱۱۵. داخلی. روز. نقطه صفرمرزی:

درخانه‌ای کاه گلی و قدیمی دستان مردی را می‌بینیم که روزنامه‌ای دردستش است و تیترآن به همراه عکسی از آنوشا درنمای کلوزآپی از دوربین دیده می‌شود.

تیترروزنامه: سرنوشت دختر مهاجر افغان که قاتل است به کجا خواهد رسید؟

۱۱۶. داخلی. روز. کلانتری:

سرگرد دراتاقش درحال نوشتن پرونده‌ای است.

سرگرد: سرباز ؟

صدای سرباز صمدی را می‌شنویم.

سرباز: بله قربان.

سرگرد: ایشون فعلاً بیرون باشن تا ببینم چیکارمی‌کنم.

سرباز: چشم قربان.

پاهای مردی را می‌بینیم که به همراه سرباز بیرون اتاق می‌روند، سرگرد با شماره تلفنی تماس می‌گیرد.

۱۱۷. داخلی. روز. کلانتری. اتاق سرگرد:

پریسا: اتفاقی افتاده که انقدر عجله برای اومدنم لازم بود؟

سرگرد: بله، پازل پرونده ما تقریباً داره کامل می‌شه.

پریسا: خوب این یعنی چی؟

سرگرد: تا زمانی که بازجویی‌مون تکمیل نشه نمی‌تونم نظر قطعی بدم مختومه شدن این پرونده بستگی به سرنوشت خانم وثوق داره ولی همین قدر بدونین که آقای حاتمی زنده است، بی‌گناهی برادرتون ثابت شده و فردا آزاد می‌شه، همین قدر بدونید که اعترافات برادر شما، تمام اظهاراتی که خانم وثوق دراعترافاتشون گفتن و اظهارات همسرآقای حاتمی تماماً کذب بوده .

پریسا: چطورممکنه، تمام اینا دروغ بوده و ما ....

سرگرد: این پرونده خیلی پیچیده تر از یک شکایت ساده بود، ما از روز اول تحقیقاتمون می‌دونستیم بچه‌ای وجود خارجی نداره، مطمئن تر از هرکسی این فرضیه برامون باطل بود و با تمام آزمایشات معلوم بود که اظهارات خانم رحمتی فقط توهمات ذهنی ایشونه ولی .....

پریسا:	ولی چی؟

سرگرد: ولی دوتا مساله اساسی وجود داشت مهم‌ترین مسأله این بود که تمام شواهد موجود نشون دهنده قتل بود و هیچ مدرکی دال بر اینکه خانم وثوق قاتل نیست و یا حتی هیچ رابطه‌ای بین ایشون یا برادر شما یا آقای حاتمی نبوده وجود نداشت.

پریسا: خوب مورد دوم؟

سرگرد: مورد دوم اینکه این پرونده می‌تونست ما رو برسونه به یک باند بزرگ قاچاق انسان، یک باند قدیمی که حتی اگر پدر و مادرخانم وثوق زنده می‌موندند به دامش می‌افتادند.

پریسا: یعنی آنوشا بی‌گناهه؟

سرگرد: بله، دلمون نمی‌خواست چنین اتفاقی برای خانم وثوق بیفته، متأسفم امیدوارم دووم بیارن و مقاومت کنن.

پریسا بهم ریخته است و لحظاتی سکوت می‌کند.

پریسا: ببخشید، من اصلاً حالم خوب نیست (مکث) می‌تونم برم؟

سرگرد: بله، بفرمایین.

پریسا با حالتی آشفته از اتاق بیرون می‌رود.

۱۱۸. داخلی. روز. بخش مراقبت های ویژه:

سایمان و پریسا به شیشه اتاق بخش مراقبت های ویژه تکیه داده و به آنوشا نگاه می‌کنند.

پریسا: چرا؟

سایمان: همه این سال‌ها میون تمام رویاهای شبانه‌ام اون روزی رو می‌دیدم که تنها سهم من از این زندگی آنوش باشه و بس.

پریسا: این غلط ترین راه بود برای رسیدن، جاده‌ای که تو داشتی می‌رفتی تهش سراب بود

سایمان: شک افتاده بود تو وجودم، شک این که لغزیده باشه، شک اینکه بین دوراهی زده باشه جاده خاکی. نخواستم پشتش خالی شه، خواستم بدونه هستم و هست میون لحظه‌های زندگیم، خواستم هراس نیفته به وجودش که بعد این روزها، بعد تاریکی شب و به صبح رسوندن دیگه هیچ زندگی‌ای نیست برای موندن و ساختن.

پریسا: نه ...... می‌خواستی طناب دینِ تا ابد دورگلوش بمونه و بشه افسار دستت که اگه نه بود میونِ کلامِ اون و عشقِ تو و وجودِ تو، بشه رامش کرد. تو می‌خواستی دست و پا نزنی برای غرق نشدن و رسیدن به ساحل، لقمه آماده چرب تراز لقمه‌ای که مدیونه بهت؟ چرب‌تر از لقمه‌ای که تا ابد مدیون بار سنگینِ معرفتی که گذاشتی روشونه هاش و توی فرهنگ لغتِ تومترادفش می‌شه جبران کردن.

سایمان: اشتباه می‌کنی .... من فقط ....

پریسا: هیس..... ساکت...... هیچی نگو..... بابا گفت بهت بگم این آخرین فرصتته...... خودت باید انتخاب کنی رفتن یا موندن ...... برای یک بارم که شده مرد باش بچه

پریسا می‌رود و سایمان به آنوشا نگاه می‌کند.

۱۱۹. داخلی. روز. بیمارستان. ICU:

آنوشا روی تخت بیهوش است سایمان سرش را پایین می‌آورد و درگوش او صحبت می‌کند.

سایمان: همه چی تموم شد منتظرم چشماتو باز کنی.

در میان صحبت های سایمان آنوشا صدای نفس‌هایش عمیق‌تر شده و از چشمانش اشک می‌آید، سایمان به او نگاه می‌کند و لبخند زنان از اتاق بیرون می‌رود.

۱۲۰. خارجی. عصر. منزل آرشام و آنوشا:

سایمان پشت در منتظر است و آرشام در را باز می‌کند.

سایمان: سلام.

آرشام: (با چهره‌ای گرفته) سلام.

۱۲۱. داخلی. عصر. اتاق آنوشا:

سایمان اتاق، قفسه‌های کتابخانه، کمدها، لابه‌لای لباس‌ها و داخل کیف آنوشا را می‌گردد چیزی پیدا نمی‌کند.

آرشام: می‌شه بگی اینجا چیکار می‌کنی؟

سایمان: دنبال قرصای آنوشا می‌گردم.

آرشام: پلیسا هم صبح اینجا بودن، گفتن باردار نبوده و جراحی کلیه کرده.

سایمان: هم قرص اعصاب می‌خورده هم بعد جراحیش یه تعداد قرص لازم داشته.

آرشام: چرا آنوش بایدکلیه اش رو جراحی کنه؟

سایمان: چه برادری هستی که از هیچی خبر نداری؟

سایمان برگه‌ای را پیدا می‌کند و می‌خواند.

سایمان: از اینم خبر نداشتی؟

آرشام: چی؟

سایمان: خونه تون توی طرحه باید تخلیه‌اش می‌کردین و با پولی که
میدن فقط می‌شه دوسه محل پایین‌تر خونه رهن کرد. این همه
درد رو دوش اون دختر بوده و ما فقط به فکرخودمون بودیم.

سایمان برگه‌ی دیگری را از لای کتاب برمی‌دارد.

سایمان: این چی؟ قسطای وامتون عقب افتاده و اخطار اومده از بانک.

سایمان برگه ای را با دقت می‌خواند.

سایمان: از دانشگاه انگلستان براش پذیرش اومده چرا کاراشو انجام نداده؟
آرشام: من خیلی وقته که دیگه محرم نیستم و از هیچی خبرندارم، تو
چطور بی‌خبری؟

سایمان به آرشام نگاه می‌کند.

سایمان: کاش یکبار فقط یکبارم که شده از غرورت کم می‌کردی و
جای تیکه انداختن می‌فهمیدی درد آدمای دور و برت چیه.

سایمان با عصبانیت ازخانه بیرون می‌رود.

۱۲۲. خارجی. شب. خیابان:
هوا سرد است. سایمان درخیابان‌ها قدم میزند. به آنوشا فکرمی‌کند وگذشته‌ها را مرور
می‌کند.

۱۲۳. داخلی. روز.پزشکی قانونی:
پلیس پسرجوانی را در پزشکی قانونی دستگیر می‌کند.

۱۲۴. داخلی. روز. ساختمانی قدیمی:

پلیس به ساختمان قدیمی می‌روند و دلالان را دستگیرکرده و ساختمان را پلمپ می‌کنند.

۱۲۵. داخلی. ظهر. کلانتری:

سایمان روی صندلی سالن انتظار منتظر نشسته است، راسپینا دختر سانیار حاتمی هم می‌آید وکنار او می‌نشیند.

راسپینا: عمو.

سایمان به او نگاه می‌کند.

راسپینا: شما همون آقایی نیستین که دوست خاله آنوشین؟

سایمان: چرا.

راسپینا: عمو؟

سایمان: (بی‌حوصله) بله.

راسپینا: زندان جای بدیه؟

سایمان به اونگاه می‌کند.

سایمان: نمی‌دونم.

راسپینا: مامان منو بردن زندان. می‌خوام بدونم اذیتش می‌کنن؟

سایمان رو به راسپینا می‌نشیند.

سایمان: ببین زندان مثل یه اتاقه مثل اتاق تو، توی خونتون مثل اتاق مامان بابات.

راسپینا: خوب چرا آدما رو می‌برن اونجا؟

سایمان فکر می‌کند.

سایمان: خوب....خوب می‌دونی آدما گاهی دوست دارن تنها باشن و فکرکنن برای همین میرن زندان.

راسپینا ناراحت سرش را پایین می‌اندازد.

سایمان: چی شده؟

راسپینا: مامان من رفت زندان، امروز شنیدم عمو پلیس به بابا بزرگم می‌گفت بابامم می‌خواد بره زندان (مکث) اینجوری من خیلی تنها می‌شم.

سایمان ناراحت می‌شود و راسپینا را بغل می‌کند.

سایمان: (راسپینا را نوازش می‌کند) بابات نمیره زندان.... همین جا پیشت می‌مونه.

راسپینا: من از تنهایی می‌ترسم.

سایمان: نترس عزیزم نترس، بابات پیشت می‌مونه تو تنها نیستی.

پریسا می‌آید و پیش سایمان می‌نشیند.

سایمان: چی شد؟

پریسا: هیچی، بازپرس رفته برای بازجویی باید منتظر بمونیم.

منتظر می‌نشینند ، مأمورانی پسرجوانی را به همراه سوزان و سانیار با دستان بسته می‌آورند و به اتاق بازجویی می‌روند.

۱۲۶. داخلی. روز. کلانتری. اتاق بازجویی:

سوزان، سانیار و پسرجوانی که مسئول آزمایشگاه پزشکی قانونی است هرکدام را جداگانه دراتاق بازجویی می‌بینیم که درحال بازجویی‌اند و فقط صدای بازپرس را می‌شنویم.

سوزان: اون همیشه تو زندگی ما دخالت می‌کرد منم بارها بهش تذکردادم ولی هرروز بدتر می‌شد.

پسر: خیلی وقت نیست اون جا کار می‌کنم. (استرس شدیدی دارد) من شاگرد پدرش بودم سوزان رو میگم. اون ... پدرشو میگم خیلی مدیونشم، زندگی الانمو از پدر سوزان دارم.

سوزان: روز به روز بیشتر به زندگی ما نزدیک میشد اون، اون(عصبی می‌شود) اون یه کاری کرده بود که بچم بیشتر از من دوسش داشت (مکث می‌کند و آب می‌خورد) حالا داشت به همسرمم نزدیک می‌شد.

پسر: من خیلی دلم به حال سوزان می‌سوخت، اون خیلی تنها شده بود و حتی خونوادشم طرف همسرش بودن واقعاً احتیاج به کمک داشت.

سانیار: تمام این اتفاقات، شکایت‌ها و این برنامه‌ها اشتباهه، زن من بیماره اون مشکل روانی داره سالهاست تحت درمان روانپزشکه البته همیشه با اجبار بردمش چون خودش قبول نداره ولی اونا بیماریشو پارانویا تشخیص دادن یکی ازعلائمشم همینه به عالم و آدم بدبینه - همه رو دشمن خودش می‌دونه ازخیلی وقت پیش بود با هم اختلاف داشتیم.

بازپرس: قبل حضورخانم آنوشا وثوق به منزلتون؟

سانیار: بله، یکی دو سال قبلش.

بازپرس: خانم وثوق رو از قبل پرستاریه بچه‌تون می‌شناختین.

سانیار: نه، از رو آگهی روزنامه تماس گرفت و انتخاب شد، اون هیچ کاری به زندگیما نداشت، فقط میومد پیش دخترم.

سوزان: همیشه می‌دیدم که با همسرم یواشکی حرف میزد، از من بد می‌گفت سعی می‌کرد سانی رو نسبت به من بدبین کنه سانی خیلی آدم زود باوریه تا دو قطره اشک بریزی حرفتو باورمی‌کنه دختره هم اینو فهمیده بود.

سانیار: من خیلی وقت بود می‌خواستم ازش طلاق بگیرم، همش نگران آینده دخترم بودم نمی‌خواستم بی مادر بزرگ شه ولی این اواخر انقدر اوضاع خراب شده بود ازنظر روحی که دیگه صبرم تموم شده بود. واقعاً به این نتیجه رسیدم بی مادر بودن بهتره تا داشتن این مادر.

بازپرس: شما قرار بود با خانم وثوق ازدواج کنین؟

سانیار: نه اصلاً، به هیچ وجه.

بازپرس: ولی خانمتون می‌گفت بهش گفتین می‌خواین ازواین ازدواج کنین؟

سانیار: اون روز دعوامون شده بود، سوزان حرف زد، حرف زد همش به من تهمت‌های مختلف می‌زد منم عصبی بودم نمی‌فهمیدم چی میگم فقط می‌خواستم یه جوری دعوا رو خاتمه بدم شاید یه جور لجبازی کودکانه.

بازپرس: چطوردلال کلیه رو پیدا کردی؟

سانیار: من خیلی گشتم کلیه پیدا نکردم، وقتی خانم وثوق بهم گفت همچین جایی رو پیدا کرده دیدم تنها راهش همینه اونا دلال کلیه بودن و راحت این کار رو انجام می‌دادن جون بچم برام مهم تر از پولش بود.

پسر: من مدیون این خانوادم وقتی پدرسوزان فهمید ما ورشکست شدیم و من قصد ترک تحصیل دارم اجازه نداد، خودش خرج تحصیلمو داد استخدام پزشکی قانونیم کرد.

بازپرس: فقط به خاطرهمین آینده و زندگیتو به خطرانداختی؟

پسرجوان سرش را پایین می‌اندازد و سکوت می‌کند.

بازپرس: جواب سؤال منو بده؟

پسر: نه.

بازپرس: چی نه؟

پسر: فقط این نبود.

بازپرس: خوب؟

پسر: آشنایی من و سوزان تو دانشگاه بود، ترم یک علوم آزمایشگاهی دانشگاه تهران، من عاشق سوزان بودم از همون اول آشناییمون هرچی بیشترمی‌گذشت بیشتر بهش فکرمی‌کردم اما تو چشم باباش همیشه همون پسر پاپتیه پدر ورشکسته‌ای بودم که لیاقت دخترشو نداره.

بازپرس: پدرت چرا ورشکست شد؟

پسر: (مکث می‌کند) قاچاق.

بازپرس: خوب؟

پسر: اون....پدر سوزان همیشه منو تحقیرمی‌کرد، همیشه می‌گفت توهرچی داری مدیون منی، همیشه با نیش و کنایه تحقیرمی‌شدم، همیشه از بالا بهم نگاه می‌کرد حالاکه سوزان کمک می‌خواست بهترین فرصت بود یه زنیکه مشکل روانی داره و زندگی از هم پاشیده کی حاضره باهاش ازدواج کنه. بهترین موقعیت بودکه به دستش بیارم.

بازپرس: برا همینم وقتی ازت خواست جواب آزمایش رو جا به جا کنی قبول کردی؟

پسر : می‌خواستم به چشم بیام.

بازپرس: چطور انقدر مطمئن بودی که کسی نمی‌فهمه؟

پسر: مطمئن نبودم ولی همه برنامه‌ریزی هامو کرده بودم گفتم تا قبل اینکه‌کسی متوجه بشه از ایران میرم آخه پذیرش دانشگاهم اومده بود فقط لنگ پول و ویزا بودم گفتم میرم.

بازپرس: چقدر گرفتی بابت این کار؟

پسر : هیچی ، قرار بود سوزان منو حمایت مالی کنه برم وقتی طلاق گرفت اونم بیاد با هم ازدواج کنیم ولی خوب تا اون موقع گیر می‌افتاد و چون مشکل روانی داشت هیچ کس باور نمی‌کرد حرفشوکه منم شریک جرمم فقط پای اون گیر بود.... انقدری پول داشت (مکث) که بتونم تا آخر عمر راحت زندگی کنم (مکث) این بهترین ضربه‌ای بود که می شد به پدرش زد.

پسرجوان ناراحت سرش را پایین می‌اندازد و تصویر سیاه می‌شود.
/ قطع تصویر/

۱۲۷. داخلی. روز. بیمارستان:
آنوشا را روی تخت بیمارستان می‌بینیم که انگشتش را حرکت داده و چشمانش را باز می‌کند.

۱۲۸. داخلی. روز. اتاق بازجویی:
آنوشا و بازپرس دراتاق بازجویی روبروی هم نشسته‌اند و هردو سکوت کرده و به هم نگاه می‌کنند.

بازپرس: خوب اون روزی که با صورت زخمی ازخونه سانیارحاتمی بیرون اومدی چه اتفاقی افتاد؟

آنوشا: من چندبارهمه اینارو توضیح دادم چرا باید دوباره بگم؟

بازپرس: اینجا من سؤال می‌کنم و شما جواب می‌دین.

آنوشا سکوت کرده.

بازپرس: منتظرم.

آنوشا: رفته بودم باهاش صحبت کنم، بهش گفتم باردارم ازم خواست بچه رو سقط کنم بینمون دعوا و درگیری شد نفهمیدم حواسم نبود توی همون دعوا ودرگیری هلش دادم سرش خورد به لبه‌ی سکویی که توخونه بود ..... من ترسیدم ...... نمی‌دونستم باید چیکارکنم ...... فرار.

بازپرس: خونی که توی خونه بود و ما بررسی کردیم خون خودت بود نه مقتول آنوشا دست پاچه می‌شود.

بازپرس: سانیارحاتمی زنده است، شما رفته بودی دخترشوکه تازه پیوند کلیه شده ببینی همسرش می‌رسه و به دلیل اختلافاتی که بینتون بوده باعث درگیری بینتون شده و دلیل خونی بودن صورتتم خونیه که ازدهنت به دلیل کتک خوردن ازسوزان میاد.

آنوشا متعجب مانده و نگاه می‌کند.

بازپرس: (باصدای بلند وعصبی) چرا از اون خونه با ترس و اضطراب زدی بیرون؟

آنوشا: (می‌ترسد) من قبلاً یه بار ازدواج کردم، نه سالگی، همسرم یه روزی از خونه رفت بیرون و دیگه برنگشت، هیچ وقت هیچ

خبری ازش نشد اون روز ...... اون روز یه تماسی داشتم یکی که نمی‌دونم کی بود و چه ارتباطی با من داشت تهدیدم کرد که زده رده همسرمو، که نشونی و خبرداره ازش، تهدیدم کرد اگه نرم سرقرار نشونیمو میده بهش بیاد پیشم من تازه داشتم زندگیمو می‌ساختم، دلم نمی‌خواست با برگشتنش همه چی خراب شه عجله‌ام، ترسم، فرارم و هرچیزدیگه‌ای برای رسیدن به اون آدم بود.

بازپرس: خوب؟

آنوشا: خوب؟

بازپرس: چی شد؟ اون آدم کی بود؟

آنوشا: نمی‌دونم، هیچ وقت نیومد سرقرار، نمی‌دونم بعدش هیچ وقت جواب تماساشو ندادم مبادا برگرده.

بازپرس: تو فقط برای پول کلیه تو فروختی یا دلیل دیگه هم داشته؟

آنوشا: پول لازم داشتم کسی رو نداشتم وقتی باهاشون آشنا شدم تنها راه بود برای من.

بازپرس: چیزدیگه‌ای هست که بخوای بگی؟

آنوشا: نه.

بازپرس: خیلی خوب.

بازپرس بلند می‌شود که برود، در را باز می‌کند.

آنوشا: من خستم، انقدرخسته که لب به اعتراف دروغ بازکردم.

۱۲۹. داخلی. روز. کلانتری. اتاق بازپرس:

بازپرس کلافه و خسته با همکارش دراتاق نشسته است.

همکار: روز اولی که گفتین اون خانم مجرم نیست، گفتین خود شاکی و افرادی که باهاش ارتباط دارن زیرنظربگیریم اصلاً فکرنمی‌کردم انتهای ماجرا این طوری تموم بشه.

بازپرس: (نفس عمیقی می‌کشد) پیچیده‌ترین پرونده‌ای بود که تا حالا داشتم هیچ وقت نتونستم درک کنم چطورمی‌شه که آدما انقدرکثیف می‌شن.

همکار: و ته همه این ماجراها همیشه یه آدم مظلوم و بی پناه خیلی راحت قربانی می‌شه و زندگیش نابود می‌شه.

بازپرس: (ناراحت) متأسفم.

سربازی دراتاق را می‌زند، داخل می‌آید و احترام نظامی می‌گذارد.

بازپرس: چی شده سرباز؟

سرباز: قربان وکیل خانم وثوق می‌خوان شما رو ببینن میگن کارمهمی دارن.

بازپرس: خیلی خوب بیرون باشن صداشون می‌کنم.

سرباز: چشم قربان.

سرباز بیرون می‌رود و بازپرس کلافه است.

بازپرس: (روبه همکارش) برو راهنماییشون کن داخل.

همکار: بله قربان.

همکار بیرون می‌رود و بعد از لحظاتی پریسا وارد اتاق می‌شود.

۱۳۰. داخلی. روز. منزل آرشام و آنوشا:

آرشام با تعدادی ازدوستانش مشغول قمار است.

۱۳۱. داخلی. روز. دادگاه:

قاضی و دو نفردیگردرحال صحبت و بررسی پرونده‌اند.

۱۳۲. داخلی. روز. منزل آرشام و آنوشا:

دوستانش مست کرده‌اند.

دوست اول: من میگم بازیمونو عوض کنیم.

دوست دوم: مثلاً چی؟

آرشام: بی خیال بابا همین خوبه.

دوست اول: چی رو خوبه تکراری شده مبلغم پایینه نمی‌صرفه.

دوست سوم: خوب میگی چیکارکنیم؟

دوست اول: مرگ و زندگی.

آرشام: سرچی؟

دوست اول: این خونه.

دوست سوم: این خونه.

دوست دوم: این خونه.

دوست سوم و اول مشروب می‌خورند، دوست دوم هم به اطراف خانه نگاه می‌کند.

آرشام: هستم.

دوست: ایول.

دوست اول: آفرین به این جسارت.

شروع می‌کند به محیاکردن وسایل.

۱۳۳. داخلی. روز. دادگاه:

قاضی درحال خواندن حکم است و ما موسیقی می‌شنویم.

۱۳۴. داخلی. روز. منزل آرشام:

آرشام داخل اسلحه یک تیر می‌گذارد و خشاب آن را می‌چرخاند، اسلحه را دست به دست کرده و هرکدام چند بار خشاب آن را می‌چرخانند و بارآخر آرشام خشاب اسلحه را چرخانده و تعلل زیادی در چشمانش است و هفت تیر را مقابل سرش می‌گیرد، دوستانش منتظرهستند و آرشام هم چنان فکر می‌کند و همه دوستان نفس‌هایشان حبس شده و نگاه می‌کنند.

۱۳۵. داخلی. روز. دادگاه:

قاضی حکم را قرائت می‌کند، چهره‌ی سایمان و پریسا را می‌بینیم که لبخند روی لبانشان می‌نشیند و آنوشا هم چنان درفکر است با اتمام قرائت حکم جلسه به پایان می‌رسد و همه از دادگاه خارج می‌شوند.

۱۳۶. داخلی. روز. منزل آرشام:

آرشام چشمانش را می‌بندد. لحظه‌ای سکوت، دستانش می‌لرزد. مکث می‌کند و تردید دارد، با گذشت زمان چشمانش را باز کرده و اسلحه را روی میز می‌گذارد، تصویر سیاه می‌شود، صدای کشیدن ماشه و شلیک شنیده می‌شود.

۱۳۷. خارجی. روزبعد. مقابل درب زندان:

سایمان و پریسا به ماشین تکیه داده و منتظرند، درب زندان باز می‌شود وآنوشا بیرون می‌آید و به سمت آن‌ها می‌رود.

سایمان: (بالبخند) خوشحالم دوباره کنارمونی.

آنوشا نگاه می‌کند.

پریسا: سوارشو بریم آنوش جان.

آنوشا: میرم خونه خودم می‌خوام تنها باشم.

سایمان: باشه بیا ما می‌رسونیمت و....

آنوشا: می‌خوام تنها باشم.

سایمان: آ ....

پریسا جلوی صحبت کردن سایمان را می‌گیرد.

پریسا: اگه خیالت این جوری آسوده تره باشه، اما شب منتظرتونیم حرفای مهمی هست که باید بزنیم.

آنوشا سکوت می‌کند.

پریسا: باشه عزیزم؟

آنوشا سرش را به نشانه تایید تکان می‌دهد.

سایمان: ولی .....

پریسا به سایمان نگاه می‌کند.

پریسا: بزار راحت باشن ..... بیا بریم.

آنوشا می‌رود و سایمان و پریسا هم بعد اَز لحظاتی سوارماشین می‌شوند.

۱۳۸. داخلی. شب. منزل سایمان:

سایمان ناراحت روی مبل نشسته و فکرمی‌کند و پریسا با شماره‌ای تماس می‌گیرد خاموش است.

پریسا: هنوزم خاموشه.

سایمان: (کلافه) نباید می‌ذاشتیم تنها بره .

پریسا: عزیز من بعد این همه ماجرا که از سرگذرونده احتیاج داشت تنها باشه خواهر برادرن باید سنگاشونو با هم وابکنن باید چهارکلام تنها حرف بزنناختلاط کنن یا نه.

سایمان: ولی اونا نمی‌تونن تنها باشن هنوز هیچی تموم نشده می‌پیچن به هم.

زنگ آیفون به صدا درمی‌آید و سایمان ناگهان ازجایش می‌پرد.

پریسا: بفرما اومدن بیخودی نگران بودی.

پریسا به سمت درمی‌رود، در را باز می‌کند بعد از لحظاتی آنوشا با عصبانیت داخل خانه می‌آید.

آنوشا: آرشام کجاست؟

سایمان: نمی‌دونم.

آنوشا: تومگه رفیقش نیستی نیستی چطور ازش خبرنداری؟

سایمان: من خیلی وقته ندیدمش.

پریسا: اتفاقی افتاده آنوشا جان؟

آنوشا: (رو به سایمان) چی بهش گفتی؟

سایمان: هیچی، چی باید می‌گفتم.

آنوشا: پس چرا درو باز نمی‌کنه؟ تا الان نشسته بودم همونجا نیومد خونه یعنی خونه است.

سایمان: گفتم که من خیلی وقته ازش خبرندارم.

آنوشا: این جواب من نیست قبل رفتن آرشام رو سپردم دست تو این جوابم نیست.

سایمان: اون خودش نخواست کنارش باشم، خودش طردم کرد خودش این همه سال دوستی روکنارگذاشت.

پریسا: آرشام وقتی همه چی رو فهمید خیلی بهم ریخته بود، اخلاقش عوض شد دیگه با هیچ کس کنار نیومد، بیش تر از همیشه رفت تو تنهایی خودش و علاقه‌ای به بودن با آدما نداشت.

آنوشا: همه چیز؟ منظورت از همه چیزچیه؟

پریسا: جریان دانشگاهت، اتفاقایی که افتاد، این آخری‌هام وقتی فهمید تو گناه کار نیستی، وقتی فهمید خیلی اتفاقاً بیخ گوشش بوده و اون بی خبره حسابی بهم ریخت گفت نمی‌خواد هیچ کسو ببینه.

آنوشا: (رو به سایمان) توگفتی بهش؟

سایمان سکوت می‌کند.

آنوشا: پرسیدم توگفتی بهش؟

سایمان هم چنان سکوت می‌کند.

آنوشا: (داد می‌زند) د ...... جواب بده دیگه لامصب.

سایمان: (باعصبانیت) آره من گفتم چون یکی باید بهش می‌فهموند که داره اشتباه می‌کنه، باید می‌فهمید دانای کل نیست، آنوش من با لحظه لحظه‌ای که تو اون چهار دیواری عذاب می‌کشیدی، زجرداشتم، عذاب می‌کشیدم، یکی باید پیدا می‌شد ماجراها رو جمع می‌کرد. آرشام خیلی تند می‌رفت، همه چیز با هم قاطی شده بود یکی باید می‌فهموند که راه درست چیه غلط چیه.

آنوشا: کی گفته بود اون یک نفرتویی؟

سایمان: از من می‌شنید بهتر بود تا از غریبه بشنوه عزیز من یه اشتباه رو با یه اشتباه بزرگ تر حل نمی‌کنن یک کم منطقی باش.

آنوشا: وای سایمان....... توچرا فکرمی‌کنی همه کاره زندگیه مایی چرا نمی‌زاری راحت باشیم تا می‌ایم یه کاری بکنیم سروسامونی بدیم به زندگی مون یهویی می‌پری وسط همه چیز خراب می‌شه (آنوشا روی مبل می‌نشیند).
من که بهت گفتم پاتو از زندگی ما بکش بیرون چرا همون موقع نرفتی؟

سایمان بهت زده است و لحظاتی به آنوشا خیره می‌شود و پریسا هم از ناراحتی به دیوارتکیه می‌دهد.

سایمان: می‌دونی چیه تقصیر منه که این همه مدت زندگیمو ول کردم راه افتادم دنبال اینکه بی‌گناهیه جنابعالی روثابت کنم باید می‌ذاشتم انقدر اون تو بمونی تا بپوسی.

سایمان با عصبانیت پیش آنوشا می‌آید، یقه او را می‌گیرد و به دیوار می‌چسباندش.

سایمان: اصلاً اگه به من بود می‌دادم انقدر بزننت که مثل سگ صدا بدی، هیچ وقت ارزش کاردیگرانو نمی‌دونی انقدرخودخواهی.

سایمان یقه آنوشا را ول می‌کند وکاپشنش را برداشته و با عصبانیت بیرون می‌رود آنوشا هم به پریسا نگاه می‌کند.

۱۳۹. خارجی. نیمه شب. منزل آرشام و آنوشا:

سایمان درب منزل ایستاده است و پشت سرهم زنگ خانه را می‌زند، کسی جواب نمی‌دهد با تلفن همراهش چند بار تماس می‌گیرد کسی جواب نمی‌دهد، سایمان پس از لحظاتی فکر از درب منزل بالارفته و داخل خانه می‌رود.

۱۴۰. داخلی. نیمه شب. منزل آرشام و آنوشا:

سایمان: آرشام ..... آرشام داداش کجایی؟

سایمان داخل اتاق‌ها و خانه را می‌گردد و ناگهان صدای افتادن لیوان را ازاتاق آرشام می‌شنود و با عجله به اتاق می‌رود، آرشام را می‌بیند که زخمی و خونی روی زمین افتاده و نفس می‌زند و حالش بد است.

سایمان: آرشام ..... آرشام جان

سایمان به سمت آرشام می‌دود.

۱۴۱. خارجی. نیمه شب. پارک:

آنوشا روی صندلی پارک نشسته و از سرما به خودش می‌پیچد تلفن همراهش زنگ می‌خورد، شماره سایمان است جواب نمی‌دهد و بعد از چندبارتماس پیامک می‌زند.

سایمان: نمی‌خوای برگردی؟

آنوشا جواب پیامک را می‌دهد.

آنوشا: من دیگه چیزی برای موندن تو اون زندگی ندارم. همه چیزمو از دست دادم اونجا دیگه جای من نیست.

سایمان: آرشام آخرین چیزیه که داری؛ نزدیک ترین بیمارستان به خونتون.

آنوشا بعد از کمی فکر بلند می‌شود و با عجله می‌دود.

۱۴۲. داخلی. نیمه شب. بیمارستان:

آنوشا و سایمان پشت شیشه آی-سی-یو ایستاده‌اند و به آرشام که بیهوش روی تخت است نگاه می‌کنند.

سایمان: شما روزای سخت‌تر از اینم داشتین.

آنوشا: چرا این طوری شد؟

سایمان: شب قبل با دوستاش بوده مثل اینکه..... مثل اینکه

آنوشا به سایمان نگاه می‌کند.

آنوشا: مثل اینکه چی؟

سایمان: سرخونه شرط بستن، لحظه آخر، همون دقیقه ۹۰ که میون همه روزای زندگیمون، انتهای همه نا امیدیامون، عقربه‌های ساعت رو ثانیه به ثانیه می‌چرخونه، پشیمون می‌شه، ورق فکر و خیالش برمیگرده سمت راهی که میگه تا وقتی جاده اصلی هست چرا جاده فرعی می‌پیچی؟

آنوشا: خوب ... پس این حال و روزش. آدم پشیمون اینه حال و روزش که بیفته گوشه بیمارستان مثل یک تیکه گوشت؟

سایمان: وقتی می‌فهمن راه درست انتخابشه، کم میارن و میفتن به جونش. چند نفر بودن و اون یک نفر. چه کاری از دستش برمیاد بین یه مشت آدم عاصی جز آسیب دیدن و دم نزدن.

آنوشا: زدن که صاحب سند شن؟

سایمان: (با کمی مکث) زدن و صاحب سند شدن.

آنوشا سکوت می‌کند.

سایمان:‌   نگران نباش ما سه تامون با هم دیگه دوباره ازاول همه چیزو
می‌سازیم.

آنوشا سکوت می‌کند.

۱۴۳. خارجی. نیمه شب. خیابان:

آنوشا تمام خیابان‌ها را قدم می‌زند و فکر می‌کند، سایمان هم تمام مسیر را دنبالش
می‌رود، باران شدیدی می‌بارد آنوشا هم چنان قدم می‌زند، سایمان هم به دنبالش به
درب منزل آرشام و آنوشا می‌رسد آنوشا ایستاده وسایمان هم پشت سرش می‌ایستد.

سایمان:‌   (بعد از چند ثانیه) فردا پرواز دارم، این آخرین فرصتمه (بلیط
را ازجیبش درمی‌آورد و پاره می‌کند) این زندگی بدون تو ......
با من ازدواج می‌کنی؟

آنوشا سکوت می‌کند.

سایمان:‌   با من ازدواج می‌کنی؟

آنوشا:‌   گذرزمان هیچ وقت نتونست چنگ دستای قدرتمندشو بندازه
میون مویرگای عقلم، شایدم دلیلش همینه که بعد این همه
سال هنوزم وقتی می‌بینمت شمارشِ تپشِ قلبم ازدستم
خارجه، هنوزم وقتی می‌بینمت نمی‌تونم مستقیم زل بزنم
میونِ مردمکِ چشمات مبادا دروغِ بین کلامم که صدات
میکنه رفیق و قلبم که می‌خوادت با نگاهم فاش کنه همه
اسرار نگفته رو، با تک تک قدم‌هایی که توی این خونه ردی
ازش باقی بود منتظر بودم بگی، منتظر بودم یه بار فقط یه بار،
گوشام بشنوه صدایی که ازحنجره‌ات فریاد می‌زنه و بهم میگه
...... (برمی‌گردد و روبروی سایمان می‌ایستد) پرسیدم ازت،

پرسیدم که چرا انقدر حواست و فکرت وذکرت پی روزاییه که می‌گذرونم و شده گریبانِ زندگیم، گفتی تو مرامِ من ناموسِ رفیق ناموسه منه پس خواهر رفیق خواهرمنه، خواستم ازت، خواهش کردم، تمنا کردم بری پی زندگیت تا بتونم و دووم بیاره این دلی که دارم پا روش میزارم، گفتی قسمِ من بودن و موندن با آرشامه. دیره پسر، دیگه گذشته از وقت و زمانش.

سایمان: من اومدم، خواستم، نشد. اون روز که بینتون شکرآب بود که واسطه می‌خواستین اومدم بگم حرف این دلو، می‌خواستم بشکنم این حرمتِ رفاقت رو خواستم که بچرخونم زبون رو به گفتن عشقم ولی نشد، نتونستم.

آنوشا به چشمان سایمان زل می‌زند و بعد از لحظاتی برمی‌گردد و پشت به سایمان می‌ایستد.

آنوشا: برای این حرفا خیلی دیره.......... برو پی کارت.

سایمان: هنوزم همه چیز مثل گذشته است، چیزی عوض نشده.

آنوشا: ما دیگه هیچ کدوممون اون آدمای سابق نیستیم.

باران شدیدتر می‌شود.

آنوشا: برو پسر فقط برو.

سایمان: ولی...

آنوشا: ولی و اما نیار بزار هر زخمی یه بار مسیرشو توی زندگیم پیدا کنه خواهش می‌کنم برو.......

سایمان می‌رود آنوشا برمی‌گردد و با حسرت و بغض به او نگاه می‌کند.

۱۴۴. خارجی / داخلی. صبح زود. بام تهران / منزل سایمان / بیمارستان:

آنوشا در بام زیر باران شدیدی که می‌بارد گریه کنان به عکس خودش و سایمان نگاه می‌کند، سایمان در فرودگاه به تابلوی اعلام ساعت پروازها خیره شده، هواپیما به مقصد آلمان در آسمان پرواز می‌کند و سایمان چمدان به دست از پله‌های فرودگاه پایین می‌آید، سوار ماشینش شده و می‌رود. آرشام در آی سی یو بیهوش است دستگاه قلب ضربان قلبش را که تپش شدیدی دارد نشان می‌دهد، آنوشا درحال پاره کردن تمام عکس‌های سایمان گریه می‌کند و سایمان روبرویش ایستاده و نگاه می‌کند. دستگاه قلب در بیمارستان خاموش می‌شود و آرشام می‌میرد. .

درباره عطیه بابانژاد :

عطیه بابانژاد متولد سال ۱۳۶۹ در ایران و شهربجنورد می‌باشد. وی فارغ التحصیل مقطع کارشناسی در دو رشته روانشناسی عمومی و مددکاری اجتماعی ازدانشگاه بجنورد است. او همزمان با تحصیل فعالیت کاری و اجتماعی خود را شروع کرده و در کلینیک مددکاری اجتماعی، همچنین سازمان بهزیستی، و انجمن نمایش مشغول به کار بوده است و درحال حاضر به عنوان مددکار اجتماعی در بیمارستان فعالیت می‌کند. شروع عالقه و فعالیت درزمینه هنر و نویسندگی ازده سالگی بوده. هنرهای زیادی را از جمله نقاشی، خطاطی هنرهای تجسمی و ..... را تجربه کرده است و بالاخره حرفه نویسندگی بر او غالب شد و شروع فعالیت جدی و حرفه‌ای در این زمینه از سن ۱۵ سالگی بود .

آثار:

- چاپ کتاب با عنوان ۳ نمایشنامه دریک کتاب شامل سه نمایشنامه کودک
- نویسنده فیلمنامه‌های کوتاه دنیای خمیده، دلسپردگان خاک، فردا و من خود یکی از آن ها بودم
- کارگردان و طراح صحنه نمایش نامه‌هایی به باد و شرکت درجشنواره تاتر و کسب دیپلم افتخار و مقام برگزیده طراحی صحنه
- همکاری و فعالیت درسازمان صدا و سیما به عنوان نویسنده و پژوهشگر
- شرکت درجشنواره‌های داستان کوتاه بین المللی
- فعالیت و همکاری درچندین پروژه تاتری و تلویزیونی با عنوان‌های متفاوت